KB139411

여자,
오늘도
일하다

유연하고 자유롭게
오래 일하는
방식

오타키 준코 지음 | 최윤영 옮김

여자,
오늘도
일하다

탐나는책

여성으로 일한다는 것

    나는 사정상 조그마한 회사의 사장을 맡고 있다. 그러다 보니 일하는 여성들이 고민을 털어놓거나 내 경험을 이야기하는 자리가 조금씩 늘었다. 그저 개인적인 것으로 생각해온 일이 실은 혼자만의 고민이 아니었음을, 일과 육아 사이에서, 혹은 여성이라는 존재와 남성적인 사회 사이에서 어디를 향해 나아가야 할지 헤매거나 벽에 부딪혀 멈춰 서 있는 여성이 적지 않다는 사실을 알게 되었다.

    일을 다시 한지도 20여 년, 학창시절 아르바이트까지 포함하면 30년 가까이 된다. 돌아보니 인생의 삼 분의 이만큼 일을 해왔다. 그 시간 중 여성이라는 핸디캡을 처음으로 의식한 게 스물다섯 살의 봄, 입사 4년 차 때였다. 임신·출산 시에는 회사를 그만둘 수밖에 없었고 재취업 또한 생각 이상으로 힘들었다. 아이가 어릴 때는 육아를 우선시하여 집에서 가능한 일을 찾았다. 초등학생이 되고서는 회사에서 근무하였는데 외로워하는 아이를 보면 마음이 아팠다.

일, 가정, 육아, 어느 하나 소중하지 않은 것이 없지만, 시간이나 자신의 건강과 타협하며 주위와 균형을 맞춘 딱 알맞은 '자리'를 찾는 것에 많은 여성이 고생하고 있다.

일을 그만두거나 나는 어차피 이 모양인데 하고 자신의 능력을 죽이며, 남성사회에 휩쓸려 지칠 대로 지치거나 반대로 일 때문에 임신 자체를 포기하거나 육아를 즐기지 못하는 등. 여성과 일의 관계는 여전히 양호하다고 말할 수는 없다. 남성 중에서도 직장 내 여성들을 어떻게 대해야 좋을지, 일하는 아내와 어떻게 타협해야 좋을지, 그녀들이 무엇 때문에 괴롭고 고민하는지를 모른 채 당혹해 하는 사람이 많지 않을까 싶다.

이 책은 여성스러움과 육아의 경험을 살려 보람 있게 일을 지속하고자 발버둥 쳐온 기록이기도 하다. 볼썽사나운 일이며 미숙한 일도 많았고(그야 지금도 계속되고 있지만), 그런데도 현장에 있었기 때문에 느낄 수 있었던 것, 경험할 수 있었던 게 진짜 일의 참맛이었다고도 생각한다.

사회적 제도로는 실현할 수 없는 것, 여성들 스스로가 바꾸어나가는 것, 나갈 수 있는 것. 어떻게 하면 자신의 몸도 돌보면서 자신과 주위 사람 모두 행복하게 보람 있는 일을 오랫동안 지속할 수 있을까. 무엇이 필요하고 무엇을 버려야 할까. 어떤 부분을 어떻게 갈고 닦아나가야 좋을까. 이런 것들을 나의 작은 이야기를 보며 다시 한번 생각해보면 좋겠다.

들어가는 말

하나

여자,
일하다

같은 여성이어도 어쩔 수 없는 현상이라
체념하는 사람도 많아 혼자만의 저항운동이
되는 경우도 많다.
하지만 만약 이런 사회에 답답함을 안고 있는
사람이 있다면 전하고 싶다.
'그렇게 느끼고 있는 당신은 틀리지 않았어요,
그러니 그 감각을 잃지 말아요'라고 말이다.

　　　　　내 삶의 특징이라면 인생의 갈림길에
섰을 때 '여러 개의 선택지를 비교해 고르는' 경험이 매우
적다는 것이다. 처음 취직할 당시만 해도 버블 시대라 어디
를 가든 오라는 곳이 많았다. 나처럼 일류대학이 아닌 대
학의 문과 학생이어도 졸업한 선배를 찾아가면 "꼭 우리
회사로 와"라는 말을 들었으니까. 친구들이 경쟁하듯 여러
회사에 내정을 받아나가는 상황 속에서 나도 정보지를 보
며 대학교 취업상담실에 얼굴을 내밀기도 했지만, 부모님
이 자영업자인 영향이 있었는지 꼭 회사에 취직해야 한다

고 생각하지 못했다. 결국 생각 끝에 거의 직감에 의지해 한 회사에만 응시하기로 했고, 입사 시험을 치른 그 날 서 녁, 회사로부터 연락이 와 그곳에서 일하기로 했다.

당시 모집이 늘어나기 시작한 대형 컴퓨터의 SE(시스템 엔지니어) 일이다. 새로운 시대의 일이라는 느낌과 더불어 유니폼과 직원 식당이 있다는 점, 그리고 역 근처라는 위 치에도 끌렸다. 복리후생제도가 갖춰져 있고, 접근이 편리 한 교통의 요지라는 이점 때문에 결혼 후에도 가정과 직장 생활을 함께하기가 쉬울 것으로 생각했다.

채용 공고에 논리력과 정확함이 요구되며 문과계 여성에 게도 적합한 일로 '남녀 차이 없이 같은 조건에서 가능하 다'는 말도 쓰여 있던 거로 기억하는데, 아직 사회 실정을 몰랐던 나는 그것은 너무나 당연해서 특별히 주목하지 않 았다.

생각해보면 대입시험 때도 여러 학교에 응시하지 않고–3 학년 여름 무렵–어디든 추천이 오면 원서를 넣겠다 결심하 고서 때마침 처음으로 모집 발표가 난 대학에 응시해 그곳 에 가게 되었다.

젊다는 이유로 자신의 장래에 대해 약간 대충한 부분도 있었다고 생각한다. 하지만 동시에 뭐랄까 마음속에서는 학교나 회사와 같은 '그릇'에 기대지 않고 본연의 나를 발견해가고 싶다는, 주제넘지만 조금 철학적인 생각이 싹트고 있었던 것도 같다. 어디를 가든 나는 나니까, 라는 마음이랄까. 그 위에 '인연' 같은 것, 그리고 눈에 보이지 않는 어떤 '움직임'에 의해 나아갈 길을 정하고 싶다고 생각했다. 이런 사고방식은 지금도 계속되고 있다는 생각이 든다.

아무리 생각해도
내가 우수한데

내가 주위 사람들과 조금 달랐던 점은 취직하기 전에 결혼했다는 것이다. 졸업 논문을 끝내고 졸업식만 남은 3월 초순. 버블의 봄바람에 휩쓸려 지금 생각하면 학생으로서는 조금 사치스러운 결혼식을 올렸다.

왜 그렇게 빨리 결혼을 했냐면 당연히 좋은 인연을 만났기 때문이기도 하지만, 어린 시절부터 느껴온 삶의 고통과 고독함, 여러 불안함에서 하루라도 빨리 벗어나고 싶다는 바람이 깄던 것 같다. 어리나는 이유로 저음에는 부모님이 반대했지만 망설임은 없었다. 결혼, 그리고 취직이 결정되면서 '겨우 내 발로 인생을 걸어갈 수 있다'는 그런 희망을 품을 수 있게 되었다고 생각했던 모양이다.

취직한 곳은 당시 '자산액 세계 1위'라 불리던 은행계 시스템 회사였다. 지금은 달라졌을 거로 생각하지만, 은행이라는 곳은 체질적으로 케케묵은 느낌이라 남녀가 명확하게 차별 또는 구별되어 있어 여자는 높은 직책에 올라갈 수 없는 구조였다.

결혼을 먼저 하고 입사한 나를 회사 사람들은 '어차피 바로 그만두겠지'라는 시선으로 바라보았고, "그만두지 않을 거예요. 평생 일할 거예요"라고 말해도 아무도 믿어주지 않았다.

'남자는 바깥일을 하고 여자는 가정을 지킨다'는 사고방식이 비단 회사뿐만 아니라 세상의 가치관으로도 여전히 엄격했던 시대였다. 나와 남편의 부모님들도 "아이가 생기면 일은 그만둬야지?", "일은 그렇게까지 하지 않아도…"라

여자, 오늘도 일하다

며 당연시하고 있었기에 여자가 아이를 낳고 키우면서 동시에 계속 일을 한다는 것은 상상할 수 없었다.

입사하고 3년이 지나 남성 동기들이 팀장이나 주임이 되는 타이밍에도 여성은 그러지 못했다. 나는 정말 최선을 다해 일했고 아무리 생각해도 팀장이 된 남자보다 내가 훨씬 더 우수하다고 생각해, 당사자에게 "어째서 당신이 팀장이 된 거야?"라고 반쯤 농담 섞인 말투로 했더니 쓴웃음을 지으며 "나도 모르겠어"라는 그의 대답에 왠지 석연치 않은 기분이 쌓여갔다.

취직한 그해는 이미 〈남녀고용기회균등법〉이 시행되어 여성들의 어깨에 힘이 들어가 있던 시대였다. 딱딱한 어깨 패드가 들어간 정장을 입고 하이힐을 또각또각 울리며 거리를 당당하게 걸었다. 실제로는 그런 여성이 그렇게 많지는 않았다고 생각하지만, 매스컴에서도 한창 보도가 되어 '앞으로의 여성이 앞으로 지향해야 할 미래는 이런 것이 아닐까'하면서 나도 모르게 영향을 받고 있었을지도 모르겠다.

어리고 미숙하며 무모했던 나는 '남녀가 평등하게 평가되고 있지 않다'는 것을 공공연하게 입 밖에 내고 다녔다.

남자 상사에게 직접 호소해봤자 소용없다고 생각해 같은 여직원들에게 "그렇게 생각하지 않아? 이상하지?" 하고 틈만 나면 여기저기 돌아다니며 말했고, 결국 나를 총애하던 상사로부터 "그런 말을 계속하고 다니다간 징계나 면직을 받을 테니 그만하게"라는 말을 들었다. 의문을 말했을 뿐인데 그게 뭐가 문제인지? 불합리하다고 느꼈지만, 그 이상으로 내가 낙담한 이유는 다른 여성들의 반응 때문이었다.

"그건 알지만 나는 아이가 생기기 전까지 순탄하게 일할 수 있으면 그만이니까"라는 대답이 대부분의 반응으로, 지금 생각하면 현상을 소중히 하는 쪽이 훨씬 냉정하고 어른스러운 대응이었다고 생각한다. 좋건 나쁘건 앞만 보고 내달리는 것밖에 몰랐던 나는 모두에게 배신당한 마음이 들어 혼자 상처를 받았다.

결국, 저항하는 것도 허무해졌고 이 회사에 있어 봤자 내가 바라는 일하는 인생은 보낼 수 없겠구나, 적은 인원이래도 좋으니 남녀가 평등하게 평가받고 평생 일할 수 있는 곳으로 전직해야겠다고 마음먹고서 시스템 개발 회사의 SE로 직장을 옮겼다. 다만 희한하게도 그런 상황 속에서도 '역시나 세상은 이런 거구나'라고는 생각하지 않았다. 여성이든 결혼을 해서 아이가 있든 오랫동안 근무할 수 있고, 더욱이 보람을 느끼는 재미있는 일도 맡을 수 있으며 사회적으로 의미 있는 성과를 내거나 회사의 주요 결정에 관여할 수 있는 지위에 있을 가능성은 분명 있다고 줄곧 생각해왔다.

하지만 지금의 내가 주장해봤자 인정받지 못한다. 그 시대를 살아온 사람들에게는 그 시대의 가치관이 단단하고 깊이 스며들어 있기에 새롭게 싹튼 가치관을 인정받기란 쉽지 않은 일이다. 다만 내 안에 이 '이상해'라는 마음을 잃지 않는다면 언젠가는 뭔가가 일어나지 않을까 하는 예감을 그 이후에도 계속해서 가지고 있었던 것 같다.

사실
'베스트 타이밍'은 없다

"뭐? 거짓말이지?" 임신을 보고했을 때 상사가 내뱉은 한마디다. 그 무렵 내 나이 스물여섯. 결혼 5년 차가 되자 주위로부터 "아이 소식은 아직이야?"는 말을 빈번하게 듣게 되었다. 지금은 그런 일이 꽤 줄었을 것으로 생각하지만 그때만 해도 어떤 의미에서 쓸데없는 참견의 시대였으며. 또한 '결혼 적령기', '출산 적령기'라는 말이 아직 살아 있던 시대라 친척이나 친구들에게 받은 연하장에는 '하루빨리 건강한 아기를 낳아 부모님께 효도해'라는 정해진 문구가 '반드시'라고 해도 좋을 만큼 어김없이 적혀 있었다.

그런 압박 속에서 2년째에 경사스럽게도 임신을 하게 되었다. "아기가 생겼습니다…"라고 상사에게 보고하러 갔을 때의 반응이 서두의 그 한마디다. 상사는 마흔 전후의 남성으로 나는 입사한 지 고작 1년하고 2, 3개월. 상사로서는 이제 겨우 회사에 전력이 되고 있어 앞으로가 중요한데, 하는 마음이지 않았을까 싶다. 내가 회사를 이끄는 처지가 되고 보니 이제는 상사의 마음이 이해가 간다.

매우 불쾌한 표정으로 "음, 왜 하필 지금이야?"라 말하고서는 한동안 침묵이 계속되었다. 이 이상 어떤 말을 말해봤자 이미 임신을 한 상태이니 때가 늦었음을, 의미가 없음을 깨달은 듯했다.

"… 네. 하지만 출산 직전까지 일할 거예요." 나는 애써 밝게 대답했다. 설사 이 상황이 다음 해에 벌어졌었다고 해도 틀림없이 같은 말을 들었을 것이다. 일하는 여성이 임신하기에 '베스트 타이밍'이란 건 사실 없다. 있다고 한다면 그 사람은 애초에 전력 외 대상으로 회사로서도 원만히 퇴사해주길 바라고 있었을 거로 생각한다. 그로부터 임신 8개월 직전까지 큰 배를 안고서 컴퓨터 앞에서 일했지만 역시나 그 상사와의 신뢰 관계는 잃고 말았다.

불쾌하거나 짓궂은 말을 듣지는 않았지만, 분명히 '더는 기대하지 않는다', '역시 여자는 안 돼'라는 느낌이 강하게 전해져 왔다. 이상하게 지나친 배려를 하기도 하고, 아마 상사도 임신한 부하를 어떻게 다뤄야 좋을지 몰라서 곤혹스러웠으리라.

당시 내 일은 큰 여행사의 예약 관리 시스템을 설계하고 프로그램을 만들어 테스트를 반복한 뒤 마지막에는 실제로 적용하는 작업을 했었다. 그 작업 과정에서 버그(프로그램 중의 결함)가 발견되어 수정 작업에 쫓기면 철야 근무는 며칠이고 당연지사. 기한을 지키고 실수 없는 성과물 제출이 요구되는 일이었다. 가령 감기에 걸려도 "밤새우면 낫는다"와 같은 말을 부하에게 하는 상사도 있을 정도였다. 나는 감기를 달고 살며 늘 원인불명의 컨디션 난조가 계속되었어도 휴가를 받은 적은 거의 없었다.

건강하게 오래 일한다는 사고방식은 남녀 불문하고 '없다'와 다름없는 업계였다. 지금이야 네트워크 환경이 갖춰져 재택으로 업무를 맡을 수도 있지만, 당시에는 그런 방법이 어려워 끝이 날 때까지 오로지 현장에서 작업하는 수밖에 없었다. 팀으로 작업하게 되는 경우도 많아 문제가 일었을 때 "저 먼저"라고 말하며 집에 가는 일은 도저히 할수 없었다. 어린아이가 있는 여성이 계속해서 할 수 있는 일이 아니라고 모두가 느끼고 있었기 때문에 나도 여기서 일단 퇴직하는 것은 어쩔 수 없는 일이라 생각했었다.

단지 내게 잘 맞았던 일이라 세상이 더욱 편리하고 보다 스피디하게 변화해가는 것을 실감할 수 있는 것에 재미와 보람을 느꼈다. 가능하다면 계속하고 일하고 싶다, 언젠가 꼭 이 일로 복귀하고 싶다고 마음속으로 바라고 있었다.

그렇게 느끼고 있는

당신은 틀리지 않았어요

여자, 일하다

　요즘 여성들을 보면 그 시절의 나와 겹쳐지는 것이 있다. 현재 사장으로 있는 회사에서는 새로운 사람을 채용하면 누군가가 그만두는 상황을 반복하던 시기가 6, 7년 있었다. 그 채용 활동 속에서 응모 서류 내용 열람만 해도 400명 정도, 면접에서 만난 사람 또한 200명 이상은 되었던 것 같다.

　당시 나는 아직 사장은 아니었지만, 중심에 나서서 모집·채용 활동을 했었기에 가능성 있어 보이는 사람은 우선 내가 만나 이야기를 나눴다. 창업하고서 5, 6년은 허브티나 아로마테라피 상품들도 취급했던 터라 그런 것에 관심이 높은 2, 30대 여성이 대부분이었다.

　그중 세 사람 가운데 한 명 이상은 이전 회사에서의 고된 일로 건강이 무너지고 생리가 오랫동안 멈춰 임신할 수 있을지 불안에 휩싸이거나 정신적으로 궁지에 몰려 높은 급여보다도 일하기 편한 직장을 희망하던 사람들이었다. 허브나 아로마에 흥미를 느낀 계기가 자신의 건강 불량이었다고 말하는 사람도 적지 않았다. 사장 비서직을 1년 정도 했는데 사장보다 일찍 귀가해서는 안 된다는 암묵적인 규칙 때문에 매일 마지막 전철로 돌아가는 생활을 계속하다 결국 직장에서 쓰러졌다는 20대 여성도 있었다.

단순한 과로로 처리되기 쉽지만, 여성이 쓰러질 때는 며칠 푹 쉬는 것으로는 회복되지 않는 경우도 많다. 남성으로서는 이해하기 어려울 거라 생각하지만, 여성의 신체는 초경부터 폐경에 이르기까지 임신과 출산을 위한 호르몬이 계속 나와 심신의 균형을 유지하고 있다. 그 균형은 그렇게 확고한 것이 아니라 2, 3일 철야를 하거나 다이어트로 급격하게 4, 5킬로그램이 줄거나 강한 스트레스를 받는 것만으로도 배란이나 생리가 멈춰버린다. 오랜 시간에 걸쳐 이런 상태가 계속되면 임신만의 문제가 아니라 젊은 나이에 골다공증이 발병하거나 갱년기 장애와 비슷한 증상이 나타나는 등 다양한 문제를 초래하게 된다.

요즘 미디어에서는 대기업에서 활약하는 '슈퍼 맘'을 보도하며 여러분도 도전과 성공을 향해 나가자는 메시지를 내보내고 있다. 하지만 일하는 여성의 대부분이 바라는 것이라고는 생각되지 않으며, 그런 보도를 보며 성실한 사람일수록, 노력가일수록 '내 노력이 부족해, 너 잘할 수 있다, 해야만 한다'며 자신을 다그치기 쉽다. 때문에 자신도 알아차리지 못하는 사이에 심신을 극한의 상태까지 사용하고 만다.

3. 40대 정도가 되면 회사에서도 중견 직원이 되어 책임이나 부담이 증가해 스트레스도 커진다. 일 이외에도 매일의 집안일·육아에 아이의 학교 행사 및 임원 일 등을 맡거나 부모를 병간호해야 하는 일이 더해지면서 정신없이 바빠진다. 갱년기에 가까워지면 몸 상태나 기분의 요동에 농락당하는 일도 자주 있어 여성의 심신이 받는 충격은 본인이 의식하고 있는 것보다 훨씬 심해진다.

어느 정도 노력해야 할지, 일에 중점을 둘지는 사람마다 다르다고 하더라도 누구에게든 공통으로 말할 수 있는 것은 우선은 '자신의 몸과 마음을 지키는 것.' 위를 지향하기 이전에 계속할 수 있는 일과 일하는 방식을 생각할 필요가 있다고 본다.

몇 해 전 소중한 친구 하나가 유방암
으로 목숨을 잃었다. 아주 생기발랄하고 멋진 여성이었다.
10년 전쯤에 완치되었다고 생각하였는데 재발하여 수술도
할 수 없는 상태였다. 그녀가 떠나고 나서 한 달 정도 지나
표면적으로는 완전히 일상으로 돌아왔다고 생각하던 무
렵, 내가 이전까지와는 말도 안 될 정도로 많은 옷과 액세
서리를 끊임없이 구매했다. 스스로는 제어가 안 되는, 뭔
가에 조종당하듯이 난 쇼핑중독자가 되었다.

그것도 여태 입던 무난한 검은색이나 회색의 무지와는
정반대의 대담한 꽃무늬 원피스며 핑크 미니스커트, 목 언
저리가 다 파진 블라우스와 큼지막하고 치렁치렁한 목걸이
등 화려한 여성이 아니면 걸칠 수 없을 것들뿐. 모아둔 비
상금마저 탕진하고서야 겨우 수습되었다.

'굶주려 있다'는 말이 적합할 정도로, 아무리 사고 또 사
도 부족하고 채워지지 않았다. 내 안의 뭔가가 위기에 직
면한, 절박한 상태에 놓여 있었다. 여성으로서의 심신을

잃는 공포를 마음속 깊은 곳에서 강하게 느끼고 있었던 것일지도 모르겠다. 쇼핑해도 기쁜 게 아니라 어떻게든 불안한 마음을 해결하고 있는 듯한 고통이 느껴졌었다.

냉정하게 말하면 '살아 있는 동안에 좀 더 여성으로서 빛나고 싶다, 여성임을 표현하고 싶다'는 마음이었지만 나의 '여성성'과 새삼 마주한 셈이었다. 정확하게 말로 표현할 수는 없으나 지금껏 '이 육체가 있다'는 것을 소중히 하지 않았구나, 하는 반성과 함께 앞으로 얼마나 살지 알 수 없지만 '이 육체가 있음'의 행복을 소중히 여기자고 생각한 것일지도 모른다. 그리고 이 일을 통해 얻은 생각은 일에서도 예상외로 중요했다.

여성이 현대 사회에서 활약하는 데 있어 여성으로서의 신체와 감성이 상당히 구차하게 억압받는 부분이 있다. '나는 여자라 이런 식으로 생각합니다'라든가 '여자 입장에서는 다른 방법이 좋다고 생각합니다'와 같은, 이런 발언 방식이 나쁘다고는 생각하지 않는데 회사라는 장소에서는 좀처럼 이런 말은 인정받지 못한다.

그러나 여성이라는 특성, 즉 사고방식, 기호, 강점, 약점인 부분 등을 회사에서 이해받고 존중받는다는 것은 일하기 편한 직장을 만드는 것뿐만이 아니라 분명 여성이나 가족의 요구를 파악한 좋은 상품, 좋은 서비스 등으로 동시에 연결된다고 생각한다.

여성들 자신도 현상이 당연하다고 느끼는 경우가 많으므로 그리 간단하게 바뀌지는 않는다. 하지만 자신이 여성임을 더욱더 즐기고 사랑하며 조금씩이라도 일에서 표현한다면 보다 유연하게 다양한 아이디어나 새로운 시점도 생겨나고 일의 방식도 효율적으로 나아가지 않을까. 그런 것과 여성의 건강은 절대 무관하지 않다고 생각한다.

여자들이 놓치는
타협의 기술

당연한 말이지만 남성에게도 직장이나 일에서 오는 고민과 스트레스는 있다. 건강상의 불안이나 가정을 지키기 위한 경제적인 부담을 강하게 느끼는 사람도 분명 있을 것이다. 여성도 자녀의 유무 및 나이나 건강 상태도 다양하므로 저마다 다양한 고민을 안고 있다.

최근 저출산 내책으로 워킹맘에 대한 지원이 갖추어지고 있지만, 제도만으로 모든 것이 해결되지는 않는 법. 앞으로 여성이 보람을 느끼는 일을 오랫동안 행복하게 지속해나가기 위해서는 여성도 해야 할 일이 몇 가지 있다.

예를 들면 출산휴가제. 제도야 당연히 없는 것보다 있는 것이 좋다. '출산휴가제 덕분에 아이를 낳고도 직장으로 복귀할 수 있었습니다'라는 사람도 많으며 실제로 우리 회사에도 출산휴가 중인 한 직원이 그 제도를 이용하고 있다.

하지만 복귀 후 그 사람이 일찍 퇴근하는 등 이전과 같은 조건으로는 일할 수 없는 것에 관해 여러분은 정말로 어떻게 느끼고 있을까. 호의적으로 느낄까, 사실은 민폐라 생각하고 있을까. 본심은 따로 있다. '그 사람 안 돌아오면 좋겠는데', '왜 내가 그 사람 몫까지 일해야 하는 거야?'와 같이 생각하는 사람들 속에서는 일도 원활하게 진행하지 못할뿐더러 그곳에서 계속 일하기란 상당히 힘이 든다.

사람과 사람과의 감정 문제는 법률이나 제도로는 보완할 수 없다. 나도 그랬지만 학창시절의 평가 방식이나 상식을 그대로 가지고 사회에 나오면 '규칙으로 정해져 있으니 불만을 들을 이유가 없다'라거나 '남녀가 평등한데 이것은 이상하다'와 같이 정면으로 권리를 주장하기 쉽다. 하지만 사회는 전혀 그렇게 안 움직인다는 것.

만약 출산 휴가를 받은 사람이 그 이후에도 일을 지속하고 싶어 해 "그럼 어떻게 해야 좋을까요?"라고 내게 묻는다면 나는 이렇게 대답할 것이다. "성가시겠지만 하나하나 타협하는 게 어때요?" 예전의 나는 못했던 일이지만, 지금이라면 사전에 주위 사람과 여러 이야기를 나누며 동료들의 업무 상황이나 요구 사항을 리서치하여 내가 어떻게 해야 부재중에도 지장이 적고 복귀 후에도 '역시 당신 덕분에 살았다', '필요한 사람'이라는 생각을 심어줄 수 있을지를 생각한다. 동시에 자신의 상황도 예의를 갖춰 전한다. 무엇은 문제가 없고, 무엇은 후원이 필요한지, 기존의 제도에 구애되지 않고 의논해볼 용기도 필요하다.

사내에서의 타협은 일이 아니라고 생각하는 사람이 있을지도 모르지만 실제로는 그것이 일의 성과로도 이어진다. 타협은 무엇보다 중요한 능력이며 회사를 위해서가 아니라 자신이 행복하게 일을 지속하기 위해서도 필요한 능력이다. 그러니 귀찮아하지 말고 잘 연마하면 좋겠다.

남자와의 힘겨루기에
휘말리지 말라

　　　　　　여성은 역시 지혜를 지니고 있다고 생각한다. 어린이집이 늘어나 대기 아동이 줄어들고 남성의 육아 '참가'가 늘어났다고 해도 사회의 근간은 그리 간단하게 바뀌지 않는 법. 규칙을 만들 수 있고 규칙을 바꿀 수 있는 것은 여전히 남자들이다.

그런 상황 속에서 여성이 노력해 나가기란 굉장히 냉엄한 현실이다. 나이에 따른 몸의 변화도 그렇고 여자는 생활 환경이 크게 변화한다. 결혼·출산·육아, 최근에는 노부모를 병간호하는 문제도 있다. 남자는 결혼하고 아이가 생겨도 어떤 의미에서 거의 변화가 없어 일에 대한 악영향은 여성과 비교했을 때 없는 거나 마찬가지다.

'남성과 같은 조건에서—그 조건 자체가 남성에 맞춰 만들어진 것으로-똑같이 일하며 높은 지위로 올라가세요, 정부도 슬로건을 내걸며 여성의 활약을 지원하고 있답니다'라고 떠들어대지만, 생각과 달리 실제로는 굉장히 힘들다. 여성활용제도가 이미 있어도 '거의 누구도 바라지 않는' 제도가 돼버린다면 결국에는 여성들의 의욕이 없는 것이 문제라고 남성들은 말하기 시작할지도 모른다.

나도 예전에 남녀차별을 느껴 회사를 그만둔 적이 있는 사람이지만, 규칙을 바꾸는 일은 너무나 까다로워 정면으로 대항했으나 나만 소모되고 말았다. 같은 여성이어도 어쩔 수 없는 현상이라 체념하는 사람도 많아 혼자만의 저항운동이 되는 경우도 많다. 하지만 만약 이런 사회에 답답함을 안고 있는 사람이 있다면 '그 마음과 남성사회에 대한 위화감을 없애지 마라'고 전하고 싶다. '그렇게 느끼고 있는 당신은 틀리지 않았어요, 그러니 그 감각을 잃지 말아요'라고 말이다.

동시에 남성과 같은 씨름판에 올라 이 사람을 설복시키고 말겠다거나 남성 이상으로 열심히 일해 필사적으로 높은 지위에 올라 '여자니까' 따위의 말을 듣지 않도록 한다든가, 하는 그런 힘겨루기에 휘말리지 않는 것이 중요하지 않을까 싶다.

예를 들면 남성은 여성보다 체력이 좋아 장시간 노동에도 대응할 수 있어서인지 무작정 돌진하고 보자는 스타일로 일을 진행하는 경향이 많다. 효과가 없건 잘못되건 철야 작업을 해서라도 다시 고치면 된다, '어떻게든 이 적자를 서둘러 흑자로 바꾸겠다'며 매우 급격하게 밀어붙인다. 그 결과 훨씬 더 적자가 날지 모르는데도 일단 돌입하면 그대로 달려버리는 것이다.

하지만 '달려나가기 전에 반대 측도 확인해보자', '문제가 발생했을 때의 일을 사전에 생각해보자', '작업 효율화를 먼저 생각하자'와 같은 생각을 여성이 해나가면 균형이 맞지 않을까. 남성적이고 경직화된 부분에서 유연함을 끄집어내야 할 상황에 여성의 차례가 있지 않을까 생각하지만, 그 추측은 후에 상세하게 생각해보겠다.

둘

여자,
엄마가 되다

'어쩌면 그런가?' 하고
순간적으로 생각하게 될 때도 자신의
감각으로는 '조금 다르지 않을까'하는 위화감이
느껴진다면 그것을 버리지 말고 마음속에
남겨둔다. 그러면 큰 흐름 안에서는
그 위화감이 살아오는 경우가 있다.
'불확실하긴 해도 왠지 모르게 이쪽을 해두는
게 좋지 않을까?'하고 부드럽게 선택해가는
힘을 익히는 것이 중요하지 않을까.

임신 중에는 정말로 행복했다. 무엇보다 아이의 탄생이 기대되었고 모두가 친절하게 대해주었으며, "뭐?"라고 말하던 상사조차도 서서히 부풀어 오르는 배를 보고서는 컨디션을 걱정해주었다. 선배나 동료들도 "건강한 아기 낳아", "태어나면 데리고 와"라는 말들을 해주어 초기에 입덧으로 고생한 것 이외에는 순조로운 임신 생활을 보냈다.

배 속의 아이 때문이라는 핑계를 대며 먹고 싶은 음식을 실컷 먹고 일찍 자고 일찍 일어나는 건강하고 쾌적한 생활. '컨디션도 좋고 이런 상태라면 아이 낳고 바로 복귀할 수 있지 않을까? 나는 이전과 비교해 아무것도 변하지 않았고 아이도 어린이집에 맡기면 되니까'라고 생각했었다.

그런데 막상 아이가 태어나자 상황은 급변했다. 사랑스러움이 세상에 나옴과 동시에 '그리 간단한 일이 아니구나'하고 깨달은 것이다. 본인은 조금도 바뀌지 않았다고 믿고 있었지만 '자신=나와 아기'로 자연스레 바뀌며 여러 가지 일이 '나' 본위로 결정할 수 없게 되었다.

무엇을 하든 '이 아이를 어떻게 하지?', '이 아이는 그걸로 괜찮을까?'라며 판단 기준이 아이로 바뀌었다. 그러자 그때까지는 '어떻게 해서든지 아이를 맡기고서 복귀할 수 있다면 그러는 게 좋다'고 여기던 생각이 '할 수 있을지도 모르지만 내 아이에게 괜찮을까?', '그렇게까지 해서라도 할 필요가 있는 일인가?'와 같은 의문이 솟아났다.

'SE 대체자는 얼마든지 있지만 이 아이의 엄마는 오직 나 하나뿐'이라 생각되었고 사회적으로도 '어린아이가 있는데 일하러 나오는 건 좀 그렇지 않나? 아이가 가엽다'는 풍조도 있어 '일은 잠시 쉴 수밖에 없겠구나' 싶었다.

당시 남편은 대기업에서 한창 일할 때라 아이가 태어나고서도 제 시간에 퇴근할 수 없었다. 태어난 지 2주 후에는 미국 출장을 가버린 상태. 친정부모와 시부모도 멀리 떨어져 살고 있었기에 의지할 수 없었다. 결국, 거의 온종일 나와 아기, 둘만의 생활이 시작되었다.

출산 후 컨디션도 좀처럼 회복되지 않는 와중에 불안정한 상태로 울면 안아주고 익숙하지 않은 손놀림으로 기저귀를 갈며 조심조심 목욕해도 큰 소리로 울어대어, 자신도 뭘 하고 있는지 알 수 없는 기분이 들었다. 줄곧 일해온 탓에 친구들은커녕 지인도 가까이 없어서 상담하거나 푸념을 늘어놓을 상대도 없었다.

밤중에 몇 번이나 모유를 줘야만 해서 수면 리듬이 완전히 무너져 불면증에도 걸렸다. 몽롱한 머리로 꾸벅꾸벅 조는 단계에 이르렀고 나는 자격 없는 못난 엄마구나 라며 자신감이 몽땅 사라져 완전히 '산후우울증' 상태에 놓였다. 아들에게는 미안한 말이지만 뱃속으로 다시 돌아가 줘, 그때는 즐거웠는데, 하고 멍하니 생각하다 눈물을 흘렸다.

그 무렵 우울증에 걸린 엄마가 아기를 아파트 베란다에

서 떨어뜨린 슬픈 사건이 있어 뉴스에서 연일 보도되었다. 그런 짓은 절대 하지 않으리란 것을 자신도 알고 있었지만, 그 엄마의 궁지에 몰린 심정이 손에 잡힐 듯이 느껴졌다. 매일 집 베란다에서 보이는 전선에 앉아 있는 참새를 세다가도 눈물을 흘렸고 저녁이 되면 더 눈물이 나, 울고 있는 아이 이상으로 내가 울고 있는 상태가 한동안 계속되었다.

내가
사라지다

　　　　아들은 정말로 잘 울었다. 온종일 안 아줘도, 모유를 충분히 줘도, 기저귀를 갈아줘도 울어댔다. 새내기 엄마의 불안한 기분이 아기에게 전해진 것일지도 모르겠다. 육아 잡지나 육아서에는, '운다고 곧바로 안 아주면 안 돼요. 모유는 시간을 정해서 주세요. 컨디션이 좋을 때는 아기 체조를 시켜주세요. 오전 중에 30분, 일광욕을 시켜주세요.'

책에는 아기를 앞에 두고서는 정말이지 생트집이라 생

각되는 말들만 셀 수 없을 정도로 적혀 있었다.

실제로는 육아 고수들의 코칭을 모두 따르지 않아도 아이는 잘 자란다. 하지만 여태껏 공부나 일에서 '배운 내용은 실천한다', '착실히 한다, 올바르게 한다'는 생각에 익숙해 있던 나는 그대로 해야 한다, 엄마로서 실격이다, 다그치며 강박적으로 스스로를 궁지에 몰아넣어 버렸다.

특히 성실하고 학교 공부를 잘했던 사람은 대부분 그런 설명서를 믿고 완벽하게 실천하고자 하는 노력파다. 그래서 울고 있는 아이의 모습을 가만히 관찰하기도 전에 육아서를 먼저 펼쳐버린다.

아들은 굉장히 개성이 강한 아이라 '보통은 이 시기에 뒤집기를 시작한다'는 개월 수가 되어도 전혀 할 기미가 안 보였다. 생후 3개월 검진 때에 보건소 분이 아들을 흘끗 쳐다보며 "어머, 아직 이에요?"라고 말한 것이 굉장히 신경 쓰여 그 말이 머리에서 떠나질 않은 적도 있었다.

내가 완전히 사라져버린 느낌이었다. 일하고 있던 나름대로 빛나던 시절의 나와 아무것도 못 하는 지금의 나, 아이의 울음을 그치게 하지도 못하고 누군가에게 '모르겠으니 지혜를 빌려줘'라며 도움을 청할 수조차 없다. 일은 잘 하는데 육아는 엉망인 엄마. 그런 내 자신이 점점 괴로워 져 여하튼 하루 빨리 일에 복귀하고 싶은 마음이었다. 아 이를 사랑하는 마음은 이렇게나 가득한데 동시에 '내가 일을 못 하는 이유, 빛나지 못하는 이유는 아이 탓?'이라 생각하고 말았다.

지금 생각해보면 미성숙했다는 것밖에는 할 말이 없지 만, 그때는 사회와의 연결을 잃고 나조차 잃어버릴 것 같 은 큰 흔들림을 느끼고 있었다.

내 상태 좀 보라고,
결국 폭발하다

남편은 기본적으로 내게 '일해도 괜 찮고 안 해도 괜찮다'는 태도였기에 그 점은 마음이 편했지 만, 세간에서는 여전히 아내는 집에 있으면서 집안일·육 아를 착실하게 해주길 바라고 그것이 남자의 패기라 여기 며 일을 가지는 아내는 '허락받아 일한다'는 사고방식이 주류였다.

　그런데도 계속 일하고 싶다고 생각하고 있던 나는 남편이 굉장히 부러웠다. '나도 열심히 해왔는데 왜 당신만 그렇게 활약하고 있냐고?' 말이다. 이과계 엔지니어로 회사에서 우수상을 받거나 해외로 출장을 나가며 사내에서도 좋은 평가를 받는 모습이 지나치게 눈부신 느낌이었다.

　'내 상태 좀 보라고!' 마음속으로 중얼거렸다. 최선을 다하고 있건만 전혀 생각대로 되지 않았다. 응가와 소변과 침, 그런 것투성이로 뒤범벅이 된 옷을 입고 한밤중의 모유 수유 때문에 매일 수면 부족으로 휘청거렸다. 그러니 남편이 이따금 밖에서 한잔하고서 늦게 귀가하기라도 하면 그게 너무나 얄미웠다.

　"잘도 그러고 다니네?", "나는 머리가 이상해질 정도로 이렇게 노력하고 있는데!" 지금 생각하면 그렇게 빈번하지도 않았는데, 아마 남편 입장에서는 엄청난 '날벼락'이었을지 모른다. 다만 그 시기에는 솔직하게 말하지도 못한 채 마음에 쌓아두고 있었다.

　본인은 딱히 육아를 돕지 않겠다는 마음도 아니었고 오

히려 하고 싶다고 생각하고 있었다. 하지만 매일 밤 11~12시가 되어서야 퇴근하니 내가 오히려 내일 일에 지장 주지 않도록 신경을 썼다. 게다가 남편이 "내가 집에 가면 목욕시킬 테니까"라고 해도 그렇게 늦게까지 기다릴 수 없을뿐더러 빨리 재우고 싶었기 때문에 남편은 제대로 육아에 참여할 수 없었다.

'밤 10시부터 새벽 2시까지가 성장호르몬이 나오는 시간이므로 늦어도 10시 전에는 재우세요, 가능하면 8시경이 이상적입니다.' 이것도 육아서에서 읽거나 보건소에서 지도를 받았기에 그것을 지나치게 착실하게 지키고 있었다.

한 살이 되기 전까지는 남편이 안아주면 아들은 싫은지 울음을 터뜨렸다. 그나마도 일주일에 한두 번밖에 아이와 놀아줄 기회가 없으니 아이로서는 이웃집 할아버지와 다름없었을 것이다. 이는 남편에게도 안쓰러운 일이었다. 정말로 조그맣고 너무나 사랑스러운 시기에 충분히 함께 보내주지 못했으니까.

그런, 서로에게 별로 좋지 않은 상황 속에서 나는 오로지 '내가 희생자'라고만 생각했다. '남자는 조금도 희생하지 않잖아. 그저 아이가 늘어난 것뿐이지? 하지만 나는 이렇게까지 나 자신을 희생하며 일까지 그만뒀는데.' 원망스러운 마음이 솟아났다.

그러다 결국 아이가 4개월 정도 됐을 때 정말로 폭발하고 말았다. 그 전까지는 그런 마음을 소극적으로 말하면서도 '조금만 더 힘내보자'는 느낌이 아직 있었건만, 어느 순간 인내의 실이 끊어져 버린 것이다.

"나, 이대로 있다간 미쳐버릴 거야. 더는 못 견디겠어"라며 한 시간 가까이 울부짖었던 것 같다. 남편은 내내 가만히 듣고 있다가 내가 진정된 모습을 보이자 입을 열었다.

"그럼 내가 회사 그만둘게."

"현재 엔지니어로 가족을 위해서 열심히 하고 있지만 지금 회사에서는 내가 정시에 퇴근할 수 있는 일은 없어. 무엇보다 가족이 중요하니 회사를 그만둘 수밖에. 나는 그래도 괜찮아"라며 이 악물듯 진지한 얼굴로 이야기했다.

그 말을 듣고 깜짝 놀라 '그렇게 만들 수는 없다'고 생각했다. 아들이 아직 4~5개월 무렵으로, 첫 육아는 그 시기 정도까지가 가장 힘들다. 익숙하지 않은 육아의 긴장감과 수면 부족, 외출도 마음대로 못해 엄마가 고독하기 쉬운 시기이다. 만약 님편이 그렇게 말해주지 않았다면 나는 더욱 궁지에 몰렸을 거다.

생각지 못한 남편의 말을 듣고서야 차츰 제정신이 든 것처럼 평온한 기분이 들었다. 그리고 신기할 정도로 피해자 의식이 옅어져 갔다. 동시에 나도 남편의 일을 중요하게 여기고 있음을 새삼 느꼈다.

그때 남편에게 "그럼 당신은 정시에 퇴근할 수 있는 회사로 옮기고 매일 육아를 도와"라고 말했다면 틀림없이 후회했으리라.

회사로
못 돌아가지 않을까?

'이 이상 집에 있다간 두 번 다시 회사로 못 돌아가지 않을까'하는 불안과 동시에 '하지만 내 곁에 이렇게나 작은 아이가 있고 나를 필요로 하고 있는데. 일은 그다음이지'라는 갈등이 있었다.

그래도 우선 가능성을 찾아보고자 아이를 맡길 수 있는 곳을 찾아보기로 했다. 인가 어린이집은 지금보다도 상황이 냉엄했기에 바로 포기하고 옆 역에 있던 무인가에서 0세 영아부터 맡아주는 시설을 가보았다.

좁은 체육관 같은 곳에 미끄럼대며 대형 놀이도구가 놓여 있고 즐겁게 놀고 있는 아이들이 대여섯 명. 대강의 설명을 듣고 '여기에 맡겨볼까'하고 생각하던 찰나, 0세 영아용 침대 근처에서 어린이집 교사들이 모여 작은 소리로 나누고 있던 이야기가 우연히 귀에 들어왔다.

"그 녀석 울음을 안 그쳐서 짜증 나."

"오늘 기저귀 갈아주는 거 다섯 번째야. 정말 싫어, 그냥 놔둘까."

이건 아니다. 절대로 맡겨서는 안 되겠다는 생각이 들었다. 아기가 모를 거로 생각해 그 사람들은 이야기했을 테지만 아기여도 그 '악의'는 틀림없이 느낀다.

그것은 교사 개인이 나쁘다기보다 직장 환경 자체가 좋지 않았던 것이라 지금은 생각되는 부분도 있지만, 그래도 그렇지. 창도 없는 방안은 뭐라 말로 할 수 없는 독특한 냄새가 충만해 있어 그것에도 기분이 우울해졌다.

이곳에 맡긴다면 무조건 후회한다, 근처에 눈에 띄는 다른 곳도 없고 하니 결국 어린이집은 포기하자고 마음속으로 결심했다. 직접 키울 수 있는 만큼 키우고 어떻게든 다른 사람에게 도움을 받아가며 일 못 할까, 하고 마음속으로 생각하며 어린이집과는 거기서 결별했다.

물론 좋은 어린이집은 많이 있을 테고 내가 우연히 그런 광경을 목격한 것뿐이지만, 이 또한 인생의 갈림길 중 하나였던 것 같다.

여성이 사회에서 활약하는 데 있어 어린이집은 없어서는 안 될 필수 요소다. 경제적인 사정으로 출산 후 바로 일을 나가야만 하는 엄마도 있고 회사 요청으로 출산휴가를 충분히 쉬지 못하고 복귀해야만 하는 경우도 있다고 생각한다. 다양한 사정을 안고 있는 상황 속에서 그런 사회적인 후원이 필요한 사람 모두가 이용할 수 있도록 정비되기를 바란다.

다만 나처럼 사회와의 연결을 잃는 것이 두려워 하루빨리 회사로 돌아가고 싶어 하는 경우나 아이는 많은 아이

속에서 사회성을 익혀나가므로 빨리 맡기는 게 좋다고 무심코 믿고 있는 엄마들이 세상의 흐름에 떠밀려 본의 아닌 판단을 하지 않는 것이 좋다고 생각한다. 중요한 것은 '이렇게 해야 한다'는 포로 신세는 버리고 저마다의 방법을 모색해나가는 것. 그 중 하나가 어린이집이다.

한 가지 더 중요하게 여겨야 할 포인트는 그 방법이 '이 아이에게 맞느냐'는 것이다. 만약 내 아들이 다른 아이나 부모 이외의 어른과도 즐겁게 보내는 성격이었다면 훨씬 적극적으로 가능한 한 빨리 맡기고서 일을 해야겠다고 생각했을지도 모른다. 그러나 일시 맡기는 탁아소나 베이비시터 등 여러 방법을 시도해봤지만 죄다 부모와 아이 모두에게 씁쓸한 경험으로 끝이 났다.

아이에게는 개성이 없고 '부모가 자유롭게 할 수 있는 존재'라는 전제로 일을 결정하기 쉬운데, 아이 또한 한 인간이고 인격이 있다. 성장에 따라 변해가는 부분과 계속 바뀌지 않는 부분이 있고 성장 속도도 제각각이다. 엄마는 다른 아이처럼 자신의 아이가 성장하지 않는다고 불안해하기 쉽다. 그러나 아이의 개성과 상황을 받아들이고 부모와 아이가 함께 자신들 나름의 길을 모색해감으로써 새롭게 개발되는 것도 있다.

바야흐로 나의 일 인생은 그렇게 어떤 방향으로 흘러가고 있었다. 아이가 태어난 순간, 나는 '이 아이는 하나의 작은 우주다. 나와는 다른 세계를 가진 다른 인격이다'는 것을 신기할 정도로 강렬하게 느꼈다.

산도에서 오랜 시간 산소 결핍으로 붉은 반점투성이의 얼굴을 하고 태어난 아기를 안고서 여기에 '생명이 깃들었음'을 분명히 느꼈다. 그것은 단순한 기쁨이라기보다 '두려움'에 가까웠다. 그만큼 일을 시작하는 것에 대한 갈등은 컸던 것 같다.

사회로의 문이
조금 열렸다

SE라는 일은 어떤 의미로 '손이 기술인' 직종이라 특별한 지식도 필요하고 5년간 그럭저럭 내 나름대로 해왔기에 그만둘 당시에는 '언제든 복귀할 수 있다'고 마음 편안하게 생각했었다. 취직 후 2년 차 때 합격률 낮은 정보처리기술자 시험에도 합격하여 그것이 지난번 전직할 때에도 유리하게 작용했었다.

아이가 두 살이 되던 때 시험 삼아 몇 군데 이력서를 보내봤다. 그런데 어디에서도 좋은 대답은 돌아오지 않았고 면접조차 이르지 못했다. 그렇게나 시간과 에너지를 쏟아부어 취득한 자격증도 무용지물이었다. 전 회사의 상사에게 의논했지만 "당장에 아이를 맡기고서 일할 거라면 생각해도 좋지만 어찌 됐건 풀타임으로 돌아오지 못한다면 이 일은 못 해"라고 분명하게 못을 박았다. 게다가 컴퓨터의 세계는 끊임없이 발전하고 있지, 한동안 떨어져 있는 사이에 내가 가지고 있는 지식도 구닥다리처럼 느껴져 갈수록 초조함이 심해졌다.

그 뒤로도 취직하고자 여러 가지로 활동했지만 잘 안 되었다. 아이를 맡기고서도 재취직하는 일이 쉽지 않은 시대에 어린아이가 있는 데다 맡길 곳도 정해지지 않은 사람을 채용할 회사가 없는 것은 어쩌면 당연하다. 상황이 이런데도 일하고 싶은 마음은 줄어들기는커녕 높아져 갔다. 아이도 벌써 두 살. 때마침 신문을 보다 눈에 띈 것이 유아 대상 영어교실의 '홈 티처 모집' 광고였다.

엄마들(중에는 독신인 사람도 소수 있었다)이 자택의 방 하나를 사용해 교실을 여는 방식으로 TV 광고에서도 일시적으로 한창 선전된 적이 있었다. 일단 영어 시험과 면접을 보고서 합격 후 5일간 착실히 연수를 받았다.

SE에서 영어 강사로, 더구나 상대는 아이. 전혀 아무런 공통 항목도 없이, 그때까지 생각한 적도 없는 선택지였다. 그런데 어쩐 일인지 느낌이 확 왔다. '이거라면 할 수 있을 것 같다, 해보고 싶다'는 생각이 들었다.

궁지에 몰린 게 오히려 잘된 것인지, '이제까지 해온 일에는 되돌아갈 수 없을지도 몰라', '지금까지의 경력은 어떻게 되려나?'와 같은 생각들은 일절 떠오르지 않았다. 지금 생각해도 정말로 신기하다는 생각이 든다. 그저 오로지 '일'이라는 한 글자를 갈망하고 있었던 것일지도 모르겠다. 수입이라 해봤자 한 달에 2~3만 엔 정도였지만 그래도 꿈만 같았다.

더는 돌아갈 장소가 없다, 누구도 내가 필요하지 않는구나, 라고 생각했었는데 사회로의 문이 조금 열린 기분이 들었다. 나도 이렇게 새로운 기술을 익혀 돈을 쥘 수 있다. 사회와 다시 조금 연결되어 내 나름대로 새로운 가능성을 실감했다. 다만 시작한 지 1년 만에 남편의 전근이 결정되어 가족이 함께 미국으로 이주하게 되면서 내 교실은 아쉽지만, 문을 닫게 되었다. 그리고 캘리포니아 주 새너제이라는 곳으로 1년 기한의 이사를 했다.

정말로
궁지에 몰리다

당연히 미국에서는 비자 관계 때문에 일은 할 수 없었다. 그래도 자극적인 생활이었다. 모든 게 새롭고 신선해 보였으며 언어 문제는 있었지만, 그 이상으로 '외국에서 생활한다'는 것에 흥분했었다.

하지만 그것이 가자마자 또다시 정신적인 위기를 맞이하고 말았다. 애초의 원인은 내가 운전면허가 없었다는 것. 일본에서는 줄곧 교통이 편리한 곳에 살았기에 필요성을 느끼지 못했는데 이사한 새너제이 주변은 지하철이며 버스도 불편하고 치안 문제도 안전하냐니는 말하기 힘들어 어디를 가더라도 차가 없으면 안 되는 상황이었다.

아들은 앞으로 한 달 후면 네 살 생일을 맞이할 참. 곧 유치원의 유아반에 들어갈 나이였다. 그런데 가장 가까운 유치원도 집에서 3킬로미터 떨어진 거리라 도저히 걸어서 데리고 가는 건 불가능. 미국에서는 부모의 동행이 법으로 정해져 있기에 그것이 불가능함은 바꾸어 말하면 유치원에는 들어갈 수 없다는 의미였다.

등원하는 시간보다 남편의 회사 출근 시간이 이르고 반대로 귀가는 느린 탓에 유치원에 들어갈 수 있느냐 없느냐는 오롯이 내 운전면허에 달려 있었다. 어떻게 하나, 고민하면서 2개월 정도 면허 없이 있어 봤으나 남편이 자가로 회사에 출근하고 나면 아이와 온종일 둘 뿐. 거의 집에 있거나 근처 슈퍼에 장 보러 가기만 하는 생활을 계속하다 아이가 아기였던 시절의 그 고독한 일상이 떠올랐다.

그러던 어느 날 꿈을 꾸었다. 댐 위인지 어딘지 모를 큰 건축물 꼭대기의 좁은 길을 아들과 둘이서 손을 잡고 걸어

54

여자, 오늘도 일하다

가고 있었다. 발을 잘못 디디면 나락으로 떨어져 버릴 것 같아 천천히, 아주 천천히 그 평균대 정도의 폭밖에 안 되는 길을 걸어가고 있는데, 도중에 아들의 손을 실수로 놓치고 만 것이다. 아들은 슈욱 하고 소리를 내며 마치 빨려 들어 가듯이 벽 내측을 따라 단숨에 떨어졌다. 나는 바닥 쪽을 향해 필사적으로 아들의 이름을 부르며 울부짖었지만, 대답이 없어서⋯, 그 부분에서 눈이 떠졌다. 정말로 무서웠다. 정말로 궁지에 몰려 있었다. 그래서 '꼭 면허를 따겠다'는 각오를 결심하고 도전하기로 한 것이다.

막상 해보니 미국에서 자동차 면허를 따는 일은 아주 간단했고 그 이후로 어디든 갈 수 있게 되자 겨우 자유를 손에 넣었다는 해방감이 들었다. 덕분에 아이도 현지 유치원에 들어갈 수 있었다.

부드럽게
선택해가는 힘

일반적으로 비즈니스 능력이 높은 사람이라 하면 문제 해결 능력이 높은 사람을 가리킨다고 생각하지만 최근 회사를 운영하면서 드는 생각은, 좀 다르려나, 그것만이 아니구나, 하는 것이다. 이는 육아를 통해 배워온 것이기도 한데 일에서도 서로 겹치는 부분이 크다.

자신을 되돌아봐도 잘 알 수 있듯이 육아라는 게 기본적인 매뉴얼도 없고 대부분은 논리만으로는 해결도 결단도 힘들다. 아이의 성장이나 개성에는 규칙성도 없고 매일, 매시간, 새로운 발상과 함께 판단에 망설이게 되는 '물음'이 눈앞에 나타난다. 그 '물음'에는 '정답'을 가리키는 공식 따윈 없다. '정답'이라는 사고방식이 애초에 다르다는 말이다.

'이런 생활방식이 대단하다'며 칭찬받는 유형도 시대마다 변해가는 법. 지금은 돈을 많이 가지고 있는 것이 동경의 대상이거나 경제적인 우위성이 결혼이나 사람과 사람과의 관계에도 유리하게 작용하기도 하지만, 조금 앞 세대에서는 '청빈'이라는 말도 있듯이 돈만을 생각하거나 이야기하는 것은 '비열하다'는 말을 듣기도 했다.

'수치의 문화(타인의 내적 감정과 의도 및 자기의 체면을 중시하는 행동양식을 특징으로 하는 문화로, 자기 행동에 대한 세상 사람들의 평가에 신경을 쓴다. 타인이 어떤 판결을 내릴까를 추측하고, 그 판단을 기준으로 자신의 행동방침을 정하는 독특한 일본 문화를 본 미국의 문화인류학자인 R. 베네딕트가 사용한 말이다.—옮긴이)'라는 것도 일본인 사이에서는 강하게 있으며, 슬픈 역사이지만 나라를 위해 죽으러 가는 사람이 존경받던 시대도 있었다. 즉, 지향해야 할 인생이나 행복한 인생이라는 것도 살아가면서 시대와 함께 점차 변해갈 가능성이 크다. 가치관은 유동적이며 아이를 위한 것으로 생각해 선택한 길이라 해도 그것이 생애에 걸쳐 어떻게 영향을 줄지는 그 시점에서는 알 수 없다.

회사 경영에서도 그 회사마다 각각의 상황이 다르므로 이렇게 하면 이렇게 된다는 알기 쉬운 법칙 같은 건 찾을 수 없다. 어두침침한 어둠 속을 더듬으며, 그렇지만 멀리 보이는 희미한 빛을 의지해 '이쪽인가' 하는 방향을 향해 천천히 걸어나가는 느낌이다.

멈춰 설 수도 없고 조금 나아가보고 반응이 있으면 조금 더 가본다. 반대로 틀렸구나! 생각되면 일단 원래 자리로 되돌아와 '그럼 역시 이쪽인가'하고 다시 한 발을 내밀어본다. 그것을 시속할 힘이 회사 규모를 막론하고 현대에는 필요하다고 본다. 그리고 거기에 육아 등으로 기른 여성의 힘이 살아난다. 논리로 딱 가르거나 알아맞힐 수 있는 것은 실은 꽤 약하다. 보이는 것 이외를 잘라버리고 가능성을 좁혀버리는 경우도 많이 있다.

논리나 데이터로 설득당하게 되어 '어쩌면 그런가?' 하고 순간적으로 생각하게 될 때도 자신의 감각으로는 '조금 다르지 않을까'하는 위화감이 느껴진다면 그것을 버리지 말고 마음속에 남겨둔다. 그러면 큰 흐름 안에서는 그 위화감이 살아오는 경우가 있다. '불확실하긴 해도 왠지 모르게 이쪽을 해두는 게 좋지 않을까?'하고 부드럽게 선택해가는 힘을 익히는 것이 중요하지 않을까.

셋

여자,
일을 만들다

불안이 자신에게서 힘을 빼앗아간다.
그때 필요한 것이 '자신을 걸어보는' 결단이다.
걸어본다는 것은 설사 이치에 맞지 않더라도
'믿어보는 것.'
요즘 세상에 뒤처지는 느낌일지도 모르지만
그런 기회가 자신을 아주 멀리 데려다준다.

기회가

아주 멀리 데려다준다

지금 눈앞에 20대의 내가 나타난다면 '너에게는 이런 것이 아직 보이지 않아', '이런 식으로 생각하면 잘 될 거야', '그렇게 말해서는 전해지지 않아'와 같이 해주고 싶은 말이 아주 많다. 분명 걱정되어 가만히 보고만 있을 수 없겠지.

하지만 그런 말을 듣는 20대의 나에게는 확 와 닿지 않을 테고, 와 닿지 않는 게 당연. 어쩌면 오히려 와 닿지 않는 것이 좋을지도 모른다.

'조금 더 야무지게 살아왔었다면 좋았을 텐데'라고 느끼는 일도 있지만, 한편으로는 그렇지도 않으려나, 하고 최근에는 생각한다.

일이며 육아로 벽에 부딪히던 연속의 20대였지만 그 '무모한 시기'가 있었기 때문에 지금도 이렇게 일을 하고 있다. 이것은 정말이지 분명하게 말할 수 있다. 의문에 부딪혀 그것을 다른 사람에게 이야기해보면 전혀 공감을 얻지 못하거나 아무리 설명해도 이해하지 못하는 일도 있었지만, 내 나름대로 여러 벽에 부딪혀 왔던 것이 30대 이후에 뭔가가 보이게 된 기분이 든다.

이 또한 지금의 내가 하는 생각이지만, 일이라는 게 아무리 힘들고 궁지에 몰리는 상황이 됐다 하더라도 '내가 할 수 있는 한계'라는 것이 있다. 한데 그 '한계'는 자신이 느끼는 것과는 조금 다르다. 따라서 처음부터 머리로 '한계'를 설정하지 말고 그것을 스스로에게 맡겨 보는 것도 필요하다고 생각한다.

예를 들어 일이 한 번에 몰아닥치거나 해본 적 없는 일이 자신에게 돌아오거나 하면 일을 시작하기도 전에 기력이 빠져 '못 합니다'라고 말하기 쉽다. '어떻게 하면 할 수 있을까'보다도 '못 하는 이유'를 찾는 경우가 있다.

하지만 보기엔 어렵게 느껴져도 한번 해보면 '뭐야, 이렇게 단순한 일이었어?'라고 생각하거나 한 번으로는 잘 몰라도 몇 번 하다 보면 익숙해져서 정말 괜찮기도 하는 경우가 일에서는 압도적으로 많다.

또는 육아 중인 여성은 특히 시간에 제한이 있어 일의 양을 제대로 처리하지 못하는 경우도 많다. 나도 그랬지만, 그렇게 되면 시간의 사용 방법이나 일하는 방식 자체를 효율 있게 바꾸거나 다른 사람에게 부탁하는 일이 능숙해지기도 한다.

몸과 마음을 가장 약화하는 것은 실은 미지의 공포가 아닐까. 내가 이 일을 할 수 있을까, 못하면 어떻게 되는 걸까, 그런 불안들이 자신에게서 힘을 앗아간다.

그때 필요한 것이 '자신을 걸어보는' 결단이다. 걸어본다는 것은 설사 이치에 맞지 않더라도 '믿어보는 것.' 요즘 세상에 뒤처지는 느낌일지도 모르지만 그런 기회가 자신을 아주 멀리 데려다 준다.

일하는 인생에서 몇 번 만나게 되는 그런 기회는 자신이 찾는다기보다는 맞은편에서 눈앞에 나타나는 경우가 있다. 시험당하는 셈이라고도 말할 수 있을지 모르겠다.

사람이 무언가에 걸어본다고 할 때는 '나'라는 것은 작아지고 대신 일 자체나 자신 이외의 중요한 것이 커진다.

그럴 때 희한하게도 어딘가에서 힘이 솟아난다. 보람 있게 일하고 있는 사람들은 모두 몇 번인가 그런 경험을 해오고 있지 않을까 싶다. 이는 일의 크고 작음에 상관없이 주어진 작은 일에서도 마찬가지다.

엄마로 있는 건
재미없다

미국으로 건너간 지 1년이 지나 일본에 돌아왔는데 이번에는 그 차이에 괴로워졌다. 미국에서는 매일 다양한 일이 생겨 그게 좋든 나쁘든 자극이 되었으며 그 안에서 필사적으로 영어를 외우며 새로운 커뮤니티에 들어가 겨우 익숙해졌다가 원래 장소로 되돌아오니 외국에 살며 일본의 유행에 관한 화제에 전혀 끼어들 수 없는 상태, 매스컴과 접하지 않아 시사 뉴스나 인기 드라마의 전개에 대해 화제에 끼어들 수 없는 상태가 되어 하루하루가 심심했다.

일도 없고 사회와의 연결도 없어 결국 '유 엄마'로만 있었다. 애 엄마들은 모두 '○○엄마'로 서로를 부른다. '준코 씨'라 불리기는커녕 성인 '오타키 씨'조차 불리지 못하고 아들 이름으로 '유 엄마'라 불리는 것이다.

미국에 살던 때는 엄마든 아빠든 새로운 관계라면 이름으로 서로를 불렀고 그렇지 않으면 '미세스 오타키'라 불리는 일이 보통이었기에 그런 것에서부터도 '일본에서 엄마로 있는 건 재미없다'고 느꼈다.

아이가 중심이라는 것은 알지만 그것 말고는 커뮤니티가 없어서 어른들 간의 대화는 거의 없이 화제는 아이에 대한 것뿐. 나는 그 관계에서 특별히 뛰어난 것도 없고 자신을 빛낼 만한 것도 찾을 수 없었다. 아이를 유치원에 보내고 나면 저녁 준비나 청소, 세탁하고 아이가 돌아오면 아이와 놀아주거나 비슷한 또래의 자녀를 두고 있는 이웃집에 놀러 가는 등 무심히 평화롭게 매일을 보냈지만 어쩐지 매우 갑갑한 세계라 느꼈다.

또래 엄마 중에는 아이의 옷부터 자신의 원피스며 가방까지 만드는 재봉 기술이 프로급인 사람도 있고, 집에서 과외를 오랫동안 계속하고 있거나 본격적으로 제과를 배워 집에서 요리 교실을 운영하는 사람도 있어 모두 집에서의 생활을 즐기고 있는 것처럼 보였다. 그에 반해 나는….

괴롭다. 주위는 모두 좋은 사람들로 가득해 축복받고 있었지만 나라는 존재는 어딘가로 사라져버리고, 나는 누구인가? 무엇을 할 수 있을까? 라며 또다시 자신감을 잃어가고 있었다.

그래서 어떻게든 다시 일하고 싶다는 생각이 간절했다. 시간이 있을 때마다 손에 잡히는 대로 구인 정보지를 찾아 쳐다보고, 한숨을 쉬고, 생각에 잠기곤 했다. 나이 제한과 근무 시간의 벽, 대학생도 취직이 뜻대로 안 되는 시기라 구인 인원 자체도 한정적이었다. 그런 와중에 무심코 눈에 띈 것이,

'대졸. 영어 능력 필요로 함. 재택근무 가능'이라는 신문의 세 줄 광고였다. 정보는 이것뿐. 회사명과 주소, 전화번

여자, 오늘도 일하다

호 등 일반적인 회사 정보는 없었다.

그 당시에는 일본에 막 돌아온 시기라 영어도 조금은 사용할 수 있었다. 막연히 그것을 살릴 수 있는 일을 하고 싶다고 생각했었기에 '이건 나에게 딱 맞잖아?'라며 서둘러 전화를 걸었다.

식탁에서
시작되다

"괜찮겠어? 이거 오리털 이불 같은 거 강매해야 하는 그런 거 아냐?"

이름도 들어본 적 없는 회사이다 보니 면접을 보러 간다고 말했을 때는 남편이 걱정하기도 했다. 하지만 실제로 가 보니 아로마테라피 정유 등을 제조 판매하고 있는 제대로 된 회사였다.

본사에 있던 직원은 10명 정도로 점포 직원, 공장 파트타임 직원을 포함해 전체가 20명이 안 되는 규모의 회사로 라벤더나 일랑일랑과 같은 꽃에서 추출한 정유 향이 부드럽게 떠다니고 있었다.

아로마테라피뿐만 아니라 다른 방면의 사업도 시행하고자 한다며 당시 미국에서 붐이 일고 있는 건강보조식품에 관한 정보 사이트를 일본에 설립하고 싶다는 설명을 들었다.

기본적으로는 미국 사이트와 계약하고 그 일본판을 만들어나가겠다는 계획이라 '어떤 사이트가 있는지 조사해달라'는 말에 흥미 있어 보이는 사이트를 몇 개 찾아내어 번역을 시작했다. 하지만 번역을 하면서 '이 일이 돈이 될까?'하는 의문이 무심코 솟아났다.

일본판 사이트를 개설해 그곳에 광고를 올리거나 똑같은 사이트를 만들 수 있다고 홍보해 다른 회사에 파는 등 몇 개의 방법이 있을지도 모르겠지만, 본래 아로마테라피 상품 제조회사이니 뭔가 '제품'을 만드는 것이 이 회사에 이익이지 않을까? 하고 생각하게 되었다.

어느 날 잡담을 나누다 사장에게 "사이트를 만드는 것보다 허브를 사용한 건강보조식품이라도 만드는 것이 좋지 않을까요?"하고 문득 생각난 것처럼 단순히 말했다. 그러자 당장에 "오타키 씨가 해주는 겁니까?"하는 예기치 못한 대답이 돌아왔다.

처음에는 이 "해주는 겁니까?"의 의미를 잘 알지 못했다. '안을 낸 것뿐이라 개발은 다른 사람이 담당하는 게 아닌가?' 보통은 그렇게 생각하지 않나? 게다가 나는 시간제로 일하는 재택근무자로 그런 큰 업무를 담당할 처지가 아녔다. 그런데 사장은 "건강보조식품에 대해 알고 있는 사람이 아무도 없어요. 오타키 씨가 할 수 있으면 해요"라고 말하는 것이었다.

이 갑작스러운 전개에 당연히 놀랐지만, 그저 번역만 하고 있을 게 아니라 무언가 물건을 만드는 일이 재미있겠다는 단순한 생각에 깊게 생각하지 않고 "그럼 해보겠습니다"하고 그 자리에서 떠맡고 말았다. 평소였다면 그런 일을 할 수 있을까? 라며 불안했을 텐데 그때는 뭣도 모르는 강함과 대담함이 있었다.

아이는 이제 유치원에 늘어갔는데 어린이십과 달리 유치원은 워킹맘에게 있어서는 가혹했다. 아침 9시쯤에 버스정류장까지 따라 나가 배웅한 다음 잠깐 일을 하거나 집안일을 정리하고 있으면 순식간에 아이가 마치고 돌아온다. 오후 1시 반에는 이미 버스정류장까지 마중을 나가야만 하므로 재택이라는 근무 형태를 바꾸고 싶지 않았다.

일주일에 한 번은 회사에 나가 보고한다는 약속으로 9.7 제곱미터 크기의 방에 책상과 컴퓨터를 놓고 혼자만의 상품개발을 시작했다. 책이나 자료를 펼쳐 조사하는 건 식탁에서.

아들은 집에서 날뛰거나 응석 부리는 성격이 아니었기에 도움을 받은 점도 있었지만 반대로 혼자서는 밖에 나가기 싫어하여 가능한 한 함께 외출해야 했다. 그대로 집에 있었다고 해도 아이란 늘 부모의 마음을 끌고 싶어 하기 마련이라 "그쪽 말고 나를 보고 나랑 얘기해 줘" 하는 상황이 온종일 이어진다. 물론 그것이 일반적인 모습으로 "엄마가 정말 좋아! 그러니까 항상 나랑 함께해"라고 말하는 여전히 사랑스러운 시기였다.

다만 일을 하면서 아이를 상대하기란 지극히 어려운 기술. 그때까지만 해도 일본에는 허브나 건강보조식품에 관한 신뢰성 높은 정보가 적은 시기여서 영어 문헌을 읽어야 하는 일도 많았는데, 막힘없이 읽을 수 있는 수준은 아니었던 나는 '집중해야 하니까 방해하지 마!'라고 생각했던 적도 있다.

　중요한 자료가 간장이나 잼으로 얼룩져 가정적인 것이 돼버리기도 하고 아들이 컴퓨터에 함부로 손을 대 매일이 우당탕 소란스러운 느낌이었지만 지금 생각하면 정말로 그리운 추억이다.

'우연'에게라도
도움을 받아야

　　　　　　　　건강보조식품에 관해서는 완전한 풋내기라 개발은 고사하고 먹어본 적조차 없었다. 어찌 됐건 인터넷 정보만이 실마리. '건강보조식품은 무엇인가?'라는 것을 정확하게 파악하는 데만 1개월 이상이 걸렸다.

　처음에는 미국에서 팔고 있는 제품을 그대로 일본에 들여와 팔면 된다고 생각했었는데 일본에는 '약사법'이라는 제도가 있어 그 법률에 적합한 것 이외에는 판매할 수 없다는 사실을 알게 되었다. 건강보조식품의 원재료로 사

71
여자, 일을 만들다

용되는 것과 의약품으로만 사용할 수 있는 원재료의 두 종류로 크게 분류되어 있어, 의약품 원재료 쪽에 뭣도 모르고 손을 내밀었다간 법 위반이 된다는 것도 도중에 알게 되었다.

이 업계에서는 상식 중의 상식이건만, 그런 정보가 어디에 실려 있는지조차 몰랐다. 알려주는 사람도 경험도 없었기에 '가늠'도 해보지 못하고 '모른 채 만들다가 큰일!'이 날 정도의 위태로운 상황에 직면할 뻔했다.

큰 업계라면 인원도 많고 돈도 있을 테고, 전문지식을 가진 사람이 있어 더욱 원활하게 진행했을 거다. 건강보조식품의 선진국인 미국이나 아로마테라피 요법이 왕성한 독일에서 개최하는 전시회 등에는 많은 일본 기업이 시찰하러 방문하고 있었다.

하지만 나는 일을 혼자 도맡아 하고 있던 터라 당연히 해외 전시회에는 갈 수도 없었으며 회사 내에서 상담할 수 있는 사람조차 없었다. 그래도 어떻게든 실마리를 찾으려 허브 원재료를 판매하는 회사에 전화를 걸어대 "아무것도 모르는 풋내기라⋯"며 전화상으로 질문 공세를 했다.

이쪽이 겸허한 자세로 임하니 대부분은 이것저것 친절하게 알려주었다. 거기에 용기를 얻어 다소의 뻔뻔함을 스스로 느끼면서도 쌓여 있는 질문을 만나는 사람마다 잇따라 쏟아냈다. 한 번의 대답으로 의문을 해소하지 못할 때는 다른 사람에게도 물어보며 '합쳐서 생각하니 이런 것이구나'하고 점차 알게 된 예도 있다. 마치 퍼즐 조각을 맞춰나가는 느낌이랄까.

게다가 근본적인 문제로 '건강보조식품이 정말로 효과가 있는가?'에 의문을 느껴 직접 해외 사이트에서 사 시험해보기도 했다. 미국뿐만 아니라 허브 선진국이라 불리는 독일 제품도 시험했다. 독일어 표기로 된 사이트밖에 없어 거의 어림짐작으로 사기도 했지만 어쨌든 무사히 도착했다.

매일 미국 사이트와 인터넷 쇼핑 사이트를 찾아보면서 몇 개의 키워드가 눈에 띄게 되었다. 예를 들면 '눈 건강을 지키다 → 빌베리(블루베리의 일종) → 안토시아닌(빌베리에 포함되는 대표적인 성분) → 항산화 물질'과 같은 식의 느낌. 각각의 용어에 대해 상세히 알아본 후 그들의 관련

성을 알게 되면 다음은 '안토시아닌은 정말로 눈에 좋은가? 어떻게 좋은가?'라는 것을 조사한다. 일본 내 사이트만으로는 신뢰성이 높은 정보가 적었기 때문에 영어로 키워드를 입력하여 검색하다 우연히 연구 논문을 모아 놓은 사이트에 이르렀다.

논문 복사본을 구매할 예산은 없었지만 개요는 게재되어 있어서 그것만으로도 꽤 많은 수를 읽었다. 영어라서 시간이 걸리고 잘못 이해한 부분도 있겠지만 그래도 서서히 정보를 파악할 수 있게 되었다.

다음은 미국에서 책을 수입하여 읽거나 허브 및 건강보조식품 관련 강연회에 나가는 등 어떤 의미로 실적 없이 어슬렁거리는 시기가 2, 3개월 있었다.

정말로 상품으로 완성할 수 있을까 하고 불안도 느꼈지만, 일단은 조금 참고 놔두었다. 무리하게 집약하고자 생각해도 결국 무언가의 흉내를 내는 것밖에 안 될뿐더러, 막연히 그사이에 보이게 될 거란 예감이 있었다. 여기저기 점을 늘려나가면서 제각각이었던 것이 서서히 이어져 선이 되고 마침내 하나의 그림이 떠오르는 그런 예감 말이다.

회사도 그렇게 서둘러 제품을 만들겠다는 느낌이 없었으며 집에서 내 페이스로 하는 내게 거의 전부를 맡겨준 것이 적합했다고 생각한다.

말은 이렇게 해도 드디어 형태로 만들어야 할 단계가 되자 이번에는 어느 공장에서 어떻게 만들어야 좋을지 모르는, 또다시 기본적인 문제에 직면하게 되었다. 먼저 견적 내는 것조차 몰랐을 만큼, 개발 순서에 대해 아무것도 몰랐다. 그래서 또 만나는 사람마다 "죄송합니다, 개발은 처음에 무엇을 해야 합니까?" 하고 질문을 해댔다. 아마 질문을 받은 쪽에서는 '그런 것도 모르는 사람이 어떻게 이 일을 하는 건가?'라며 틀림없이 놀랐을 테다.

이런 상황 속에서 뭔가 힌트가 없을까 하다가 이따금 방문하는 건강보조식품 관련 전시회에서 잡지사 부스에 놓인 과월호 중에 '수탁가공 개발자 일람'이라는 특집호를 발견하고는 머리에 찌릿하고 전기가 들어왔다. '이것을 원했던 거야!'하고.

거기에는 건강보조식품을 제조하고 있는 회사가 200곳 정도 실려 있어 서둘러 집으로 돌아오자마자 전화를 걸어댔다. "이런 걸 하고 싶은데 가능합니까?"라며, 우선은 대략적인 부분부터 물어보고 시시히 세세한 요건을 설명하며 대응이 가능한 10곳으로 추려 나갔다. 각 회사에서 견적을 내고 시작품을 부탁하는 등의 과정을 반복하며 간신히 공장을 결정하고 어찌어찌 제조까지 이르렀다.

몇 번의 우연에 도움을 받았지만, 그저 단순한 우연이라고 말할 수 없을 만큼, '이것이 알고 싶다'며 계속 생각해왔기 때문에 그 신기한 우연과 만날 수 있었다고 생각한다.

그런 몇 개의 가는 실이 이어져서, 사장과의 잡담으로부터 9개월 만에 겨우 6종류의 아이템을 포함한 허브 건강 보조식품 시리즈가 완성되었다.

편한 일과 재미있는 일을
가르다

나는 어린 시절부터 이른바 '착한 아이'라 불리는 고분고분하고 공부를 열심히 하는 아이였다. 어른이 하는 말을 들으면 틀림없다는 마음으로, 특히나 부모의 말은 거스르지 않은 편이었다. 그것이 자신 안에서 무너진 것은 중학교 2학년, 바로 사춘기 때다.

당시는 인기 있던 TV 드라마의 영향으로 교내 폭력 등이 문제시되던 시대였다. '개구쟁이(불량아라 불리는) 학생들 대 교사들'이라는 거친 분위기 속에서 선생들의 이면과 어른들의 교활함을 보고 말았다. 성가신 학생들을 교실에 들이지 않거나 보호자들에게는 사실과 다른 것을 전달하는 모습들.

사춘기에는 자주 있는 일일지도 모르지만, 그때까지 믿어온 반동으로 아무것도 믿을 수 없었다. 그대로 순순히 받아들일 수 없다고 생각하게 되었다.

특히 단정적인 말투를 들으면 '그게 정말일까?', '그런 게 의미가 있을까?', '어차피 어른의 사정이잖아?'와 같이 사물을 소위 '비뚤어진 시각'으로 보게 되었고 그 사고방식은 어느새 습관이 되었다.

TV를 봐도 교과서를 읽어도 다양한 정보가 불확실하게 느껴져 거짓말투성이라 생각하게 되었다. 거기서 처음으로 '나'는 어떻게 생각하는가, 라는 물음이 싹트게 된 것이다.

그로부터 20년 가까이 흘러 혼자서 건강보조식품을 개발해나갈 때, 뜻밖에도 이 사고방식이 도움이 되었던 것 같다.

먼저 일에 몰두할 때는 '우선 전부를 스스로 다시 생각하지 않으면 직성이 안 풀리는' 느낌이 있다. 그리고 일단 일을 맡으면 '그 일은, 그 상품은 정말로 필요한가'라는 근본적인 부분부터 시작해본다.

예를 들어 허브를 사용한 신상품 개발이라는 업무를 맡게 된다면 어떤 상품으로 만들지 생각하기 이전에 '애초에 신상품은 필요한가?', '필요한 것은 신상품이 아니라 어떤 새로운 서비스는 아닐까?' 등을 생각한다. 이렇듯 도리어 들은 대로, 들은 것만을 고분고분 수행하는 일이 훨씬 어렵다. 자연스레 그런 식으로 생각하게 돼버리는 것이다.

입시 공부를 거쳐 오면 아무래도 눈앞에 제시된 선택지에서만 선택하는 것에 습성이 생긴다.

'A, B, C, D 중에서 고르세요'라고 하면 'A, B, C, D밖에 없다'고 생각해버린다. 하지만 E도 있을 수 있으며 ①, ②, ③ 또한 있어도 괜찮다. 이 중에 답은 없는 것은 아닐까, 혹은 이 질문 자체가 잘못된 것은 아닐까 등 실제로는 다양한 가능성이 분명 존재한다.

질문이 잘못되었다면 백날 생각을 거듭해봤자 올바른 정답은 찾을 수 없다.

오로지 남에게 받은 선택지만 가지고 답을 찾으려 하지 말고 한번 이끌어보며 스스로 새로운 선택지를 생각해 질문부터 다시 만들어 보자. 그러면 일하는 방식이 확 바뀌거나 생각지 못한 아이디어가 떠오르기도 한다.

비단 일에 있어서만이 아니라 우리의 일상 자체도 이미 선택지가 주어져 있는 환경에서만 사물을 결정하면 편하기야 하겠지만 재미있는 일은 별로 안 일어나지 않을까.

당신을 돈과 교환하지 않아도 돼요

젊은 사람과 일 얘기를 하다 보면 급여 이야기로 이어지는 경우가 많다는 생각이 든다. 올해는 승급이 있을지 없을지, 얼마나 오를지, 자신의 노력에 합당한 액수인지, 누구보다 많고 적은지 등등. 그야 물론 1만

엔이든 2만 엔이든 많은 게 좋고 나 또한 20대 시절에는 승급 시기가 되면 일희일비했다. 하지만 실제로는 훨씬 더 중요한 것이 있는 것 같다.

내가 출산과 육아 시기의 공백을 거쳐 막상 직장에 복귀해야겠다고 마음먹었을 때, 혹은 다른 회사에 재취직하려고 생각했을 때 전 회사에서의 평가며 급여 액수나 자격 등은 전혀 의미가 없었다.

재취직 후에 얼마나 받을 수 있을까 이전에 취직 자체가 힘든 벽에 부딪힌 것이다. 나의 경우뿐만 아니라 자신의 병이나 부모의 병간호 등으로 일단 회사를 그만둘 수밖에 없거나, 혹은 회사의 부도 및 명예퇴직 등의 다양한 사정으로 전직할 수밖에 없는 상황에 놓인 사람은 적지 않다.

사회 상황적으로도 평생을 한 회사에서 임기를 마치는 사람은 갈수록 줄어든다고 생각한다. 장래에 걸쳐 오랫동안 일이나 수입을 생각한다면 지금의 급여 액수만 고집해서는 안 된다.

예를 들어 '나는 과연 독립해서 프리랜서가 되어서도 먹고 살아갈 수 있을까?', '공백이 있어도 재취직할 수 있는

여자, 오늘도 일하다

능력이 있을까?'하고 생각해보면 어떻게 실력을 익혀야 할지가 훨씬 중요해진다.

그 회사에 있으므로 할 수 있는 경험, 자신을 시험할 수 있는 시간, 돈을 지불해서라도 익히고 싶은 기능도 회사나 일에서 많이 배운다. 그것이 자신에게 무엇을 가져다주는지, 무엇을 의미하고 있는지는 보지 않고 지금 당장 얼마를 받는지에만 마음이 가는 것은 참 안타까운 일이다.

20대의 나는 '그때 받는 금액'과 '단순한 노동, 혹은 고역으로써의 일에 바친 시간이나 노력'을 트레이드하고 있다는 사고방식이 있었던 것 같다. 급여를 더 많이 준다면 더욱 열심히 하겠다, 더 일하겠다 와 같은 생각에 어떠한 의문도 느끼지 않았다.

그런 식으로 '이만큼 준다면 할 수 있지만, 이것밖에 안주니까 못해'라는 생각을 하는 사람이 적지 않다고 생각한다. 그러나 일을 계속하다 보니 그것은 순서가 반대, 즉 일의 성과나 자신의 성장이 먼저고 평가나 급여는 뒤에 따라오는 것임을 알게 되었다. 때로는 그 시간이 몇 년이 걸리는 경우도 드물지 않다.

내 회사에서도 이전에 비슷한 일이 있었다. 이미 그만둔 직원의 이야기지만, 그녀를 리더로 키워야겠다고 생각해 모두를 균형 있게 조절하는 역할의 일을 시킨 적이 있다. 그러자 그녀는 '직무를 붙여주지 않는 이런 일은 못 한다'며 불만스럽게 말했다. 하지만 그때 나는 오히려 반대라 생각했다. '리더처럼 모두를 책임지는 일을 잘 해내어 모두가 리더라 인정하면 그때 비로소 당신은 진정한 리더가 되는 것이다'고 말이다.

더욱이 회사에서의 일이라는 게 혼자서 하는 일이란 게 우선 없다. 팀원이나 보조뿐만 아니라 자신이 사용하는 화장실을 청소해주는 사람, 복사 용지를 준비해주는 사람 등, 보이지 않는 곳에서 일하는 사람이 많이 있으며 그들에 의해 지탱되고 있기에 자신은 자기 일을 할 수 있다. 그런 생각은 하지 못하고 '나는 이렇게 열심히 하고 있는데'라는 생각으로 시야가 좁아지면 늘 불만이 쌓이고, 실은 굉장히 소심한 느낌이 든다.

'혼자서는 아무것도 할 수 없다'는 점을 알고 있고 없고의 차이는 크다고 생각한다. 그것이 반드시 '사회는 엄격하다'는 의미가 아니라 그 관점이 생기게 되면 일이 훨씬 즐거워진다. 억지로 하고 있다거나 혼자서만 모든 일을 하고 있다는 등의 확신 아닌 확신을 벗겨내면 자신과 일이 하나가 되어 나는 일의 일부다, 모두가 함께 만들어가고 있구나, 라는 실감이 솟아난다.

비교만 하고 있으면 행복은 느끼기 힘든 법. 만약 급여 액수로 행복을 재고 있는 사람이 있다면 '저 사람보다 내가 더 받고 있어. 행복해'라고 순간적으로 느낄지는 모르지만, 곧바로 더 위의 사람과 비교가 시작되어 마음이 쉬질 못한다.

그리고 무엇보다 지나치게 급여만 고집하면 결과적으로 자신의 값을 떨어뜨리는 꼴이 된다. 얼마 되지 않는 적은 돈과 자신의 소중한 무언가가 바뀌어버린 것 같은 느낌이다. 이렇게 말해주고 싶다.

"당신은 훨씬 가치 있는 사람이니 그렇게 바로 돈과 교환하지 않아도 돼요."

자신을 길어보는 결단

'자신을 내걸듯'이 일을 할 때 주어진 선택지를 의심하고 급여나 조건만이 아닌 가치의 깨달음과 더불어 중요한 것은 '한다면 즐긴다'는 것이다. 나는 그것을 아버지에게 배웠다.

아버지는 현재 여든이 넘으셨는데도 여전히 현역으로 자영업을 하고 있다. 술도 담배도 하지 않고 좋아하는 음식은 메밀국수와 장어 정도로, 딱히 사치하지도 않는다. 도시의 작은 상점가에서 벌써 50년 이상 철물점을 운영하고 있고 그와 함께 열쇠 수리와 가스통 배달을 하며 때로는 무거운 등유통 두 개를 들고서 계단밖에 없는 4층까지 운반하기도 하는 모양이다.

또한, 의외로 부동산 매매도 하고 미술품 경매에도 나가곤 한다. 자동차 운전도 하고 체력도 있고, 내가 기억하는 한 거의 변함없는 체형에 거무스름한 피부를 하고 있어 전혀 할아버지라는 느낌이 없다. 취미와 일의 명확한 선 긋기가 없이 취미인 듯 일하고, 일인 듯 즐기며 그렇게 일하는 것이 '살아가는 것'이라는 아버지에게 일과 취미는 거의 대등한 크기를 가지고 있었나. 이것이 아버지의 에너지 원천이 되고 있었다.

그런 모습을 줄곧 가까이서 느껴온 터라 일이 가져다주는 인생의 가능성이나 확장의 이미지는 자연스레 내 안에 들어와 있는 것 같다.

어린 시절 아버지가 일을 마치고 돌아오면 나는 마치 새끼 원숭이처럼 팔에 매달리거나 업혔고, 식사 후에도 무릎 위에서 떨어지지 않으려 했다. 정말로 자식을 끔찍이 아끼는 아버지여서 손을 댄 적도 큰소리로 야단친 적도 없었지만, TV에서 항상 뉴스 방송이 시작되면 갑자기 진지해진 얼굴로 "쉿, 조용히"라고 말하고는 방송이 끝날 때까지는 상대해주지 않았다. 어린 나로서는 따분한 시간이었지만 그 진지한 눈빛에 소리를 낼 수 없었다.

아버지가 책을 읽고 있는 모습은 한 번도 본 적이 없다. 그렇다고 해서 집에서 빈둥거리던 기억도 없다. 명절에도 이틀 정도 여유를 부리고는 "휴일은 피곤하구나. 오늘부터 가게 열어야겠다"며 나가는 사람이었다.

거의 의무교육밖에 받지 않았고 '고사쿠(五作)'라는 이름에서 상상할 수 있듯이 많은 형제 사이에서 일찍 일을 시작하게 된 이후부터 자신의 힘으로 열심히 일해 온 분이다.

살아가는 것에 성실하다고 해야 할지 충실하다고 해야 할지, 이른바 상식이라는 것에 별로 얽매이지 않은, 그러나 비상식과는 조금 다른, 뭐랄까 자유로운 느낌이 풍긴다. 뭐 자유가 지나쳐 주위 사람이 힘들었던 적도 있었지만….

장사(商売)는 물리지 않는다, 그래서 '장사(商い, 장사를 뜻하는 일본어로 '아키나이'라 발음하는데, 이 아키나이는 물리지 않는다는 뜻으로도 해석된다.─옮긴이)'라고 하는 게야, 는 말을 자주 했다. 그런 아버지의 입버릇이 "싫으면 관둬라"였다.

본가에 있었던 시절의 일이 생각난다. 학교의 가정과목이며 가정적인 것 전반이 서툴렀던 나는 단 한 번도 쌀을 씻은 적이 없었고 빨래를 해본 경험도 없이 이른 결혼을 했다. 엄마야 당연히 여자니까 시키려 했지만, 아버지는 "하기 싫으면 안 해도 된다"고 말했다. 그 이면에는 '할 거면 네가 진심으로 하고 싶다는 생각으로 열심히 해라'는 뜻이 담겨 있었다고 생각한다.

젊은 시설에는 좋아하는 일이나 즐길 수 있는 것을 선택해 그것을 해나간다는 의미로 받아들였지만, 진짜 의미는 주어진 것이라 해도 자신이 어디까지 그것을 즐길 수 있고 자신의 모든 것을 쏟아부을 수 있느냐 하는 것. 그것을 도저히 참을 수 없어서 마지못해 계속하고 있는 것뿐이라면 그만두는 게 좋다. 하지만 우선은 그 노력을 해야 하지 않을까.

혼자 집에서 아무것도 없이 건강보조식품을 개발했을 때 이 '일을 즐긴다'는 것이 내 안에서 꽃핀 기분이 든다. 영어 사이트 번역이라는 주어진 일에서 끝나는 것이 아니라 결과적으로는 일 자체를 다시 선택해 마침내 상품을 완성해낼 수 있었다. 그 참맛을 맛본 뒤, 그 이후의 일은 이 경험을 토대로 쌓여나갔다.

넷

여자,
해고되다

결과를 내는 일이 자신에게 있어 의미가 크고
행복하면 당연히 모두에게도 좋은 것이라는 걸
막연히 이해할 수 있게 되었다.
이를 정말로 깨닫기까지 몇 년이나 걸렸지만
그런 것을 경험해가면서 '일을 움직이기' 위해
나 스스로가 어떻게 있어야 하는지
희미하게나마 보게 되었다.

"그럼 오타키 씨는 8월 말로 퇴직해주
세요. 오타키 씨는 다른 사람과 함께 일할 수 없는 사람이
니까요."

실은 지금 사장 자리를 맡은 회사에서 해고당한 적이 있
다. 말도 안 되는 선고를 받은 것은 2003년 여름이었다. 이
때 입사한 지 겨우 3개월 남짓. 8월도 일주일이면 끝날 무
렵이었다.

시간을 조금 거슬러 올라가는데, 2001년 건강보조식품
개발을 간신히 완수한 나는 회사 사장에게 "앞으로는 인

사 일을 해줬으면 좋겠다"는 부탁을 받았다. 하지만 그때까지 재택으로 일하고 있었기에 본사나 점포 직원들과의 교류가 적어 그녀들을 책임지고 정리하거나 평가를 하는 일은 조금 어렵겠다고 여겼다.

아주 조금은 도전해보고 싶었지만 여러 가지로 고민한 끝에 전직해야겠다고 결심했다. 아이도 초등학생이 되었고 하니 재택 말고 일하러 나가보자고 생각했다. 상품개발을 한 경험을 살릴 수 있는 직종에 취직되면 좋겠다고 막연히 생각하며 찾던 중, '허브 관련 제품 개발&바이어 모집' 광고를 발견하고 운 좋게 취직할 수 있었다. 드디어 본격적인 회사로의 복귀.

'일주일에 4일, 야근 없음'이라는 좋은 요건으로 계약할 수 있었는데 실제로 일을 해보니 꽤 고된 일이라 미팅이 시작되면 회의실에서 나가지도 못하고 퇴근하는 시간이 10시를 넘기는 일이 종종 있었다. 결국 아이를 희생하게 만들어버리고 내 체력 또한 아슬아슬해져 3개월의 인턴 기간을 끝내고 퇴직하기에 이르렀다.

짧은 재직 기간 중에 상품을 판매하러 온 업자로서 만난 사람이 바로 지금도 업무 파트너이자 내게 해고 선언을 한 사람이기도 한 와카마쓰 에이스케 씨다. 그는 이전에 대기업의 기업 내 벤처 사장으로 있었으며 제품 개발 책임자이기도 했다. 그리고 그 회사가 발매하고 있던 것이 일본 개발자 최초의 허브 건강보조식품 시리즈였다.

그때까지 국내에서는 단품으로 개발된 제품이나 단순한 수입품뿐이어서 시리즈로 몇 종류나 갖춘 본격적인 제품이라는 게 없었다. 결과적으로 내가 독학으로 개발한 시리즈는 일본에서 두 번째가 되었고, 서로 어떤 사람이 만들었는지 만나서 이야기해보고 싶다는 생각이 인연의 시작이었다.

서로의 제품 이야기로 한바탕 분위기가 무르익었고 그 이후에도 허브나 상품 개발에 대해 여러 가지로 배울 기회가 있었다.

"아이를 생각하면 계속하기는 어려울 것 같아요." 언젠가 한 번 그에게 말한 적이 있다. 나로서는 그저 푸념을 늘어놓았다는 마음이었을 뿐, 어떤 도움을 기대하고 한 건 절대로 아니었다. 그런데 그가 뜻밖의 말을 했다.

여자, 해고되다

"이번에 때마침 회사를 차렸는데 괜찮으면 함께 일하지 않을래요?"

그렇게 쉽게 전직을 결정해도 되는 건지 망설임도 있었지만, 다음 취직자리가 정해져 있는 것도 아니었기에 제안을 받아들여 지금의 회사 창업 시기부터 참가하게 된 것이다.

와카마쓰 씨는 2002년에 회사를 설립했는데, 그 무렵에는 아직 특별히 정해진 업무도 없었고 거래처도 거의 제로에서 시작이었다. 사무실은 라면 가게 세입자가 1층에 들어가 있는 낡은 빌딩의 3층. 아침이면 항상 들여오는 돼지뼈 냄새가 사무실까지 풍겨왔다.

나와 또 한 병의 20대 여성이 직원으로 있었지만 아무런 할 일이 없는 상황, 미국에서 팔고 있던 허브 관련 책을 일본에서 출판할 예정이라고 해서 일단은 번역하는 일을 시작했다.

좁은 원룸에 책상 세 개. 처음에는 전화기조차 없었고 와카마쓰 씨는 매일 어딘가로 외출했으며 찾아오는 사람도 없었다. 두 사람이 서로 불붙은 것처럼 키보드를 두드리는 소리만이 타닥타닥 울리며 묘한 긴장감이 느껴지는 독특한 분위기가 있었다. 나는 번역에 흥미가 있었던 것도 아니고 오히려 '전혀 안 맞다'고 생각하면서도 지금은 이것 말고는 일이 없으니 할 수 없다는 심정으로 하고 있었다.

아이의 학교가 여름방학에 들어가는 시기가 가까이 왔건만 아들은 방과후학교 돌봄교실에 가길 꺼렸다. 계속 혼자 집에 두는 것도 걱정이었기에 '번역이라면 집에서도 할 수 있으니 그러는 편이 효율을 높이며 할 수 있다고 생각합니다. 일주일 중 반은 집에서 하면 안 될까요?'하고 의논을 했다.

그 이야기를 하기 전에도 몇 번인가, 상품 개발 경험을 높이 평가해 오라고 해놓고선 그 경험을 살릴 수 없는 일들뿐이라 나는 어떻게 해야 하냐 등등 여러 가지로 의논을 했었지만, 그때마다 늘 "음, 생각해볼게요"라며 얼버무리는 듯한 느낌을 받았었다.

마침내 여름방학이 되고 "어떻게든 해주세요"하고 결단을 강요했더니…. 서두의 그 해고를 당한 것이다.

아마 그로서는 어떻게 해야 좋을지 모르는 어려운 질문에 걸려 머릿속이 꽉 차버린 것일 테다(본인 얘기를 통해 확인 완료). 그럴 때 남성은 폭발하는 경우가 많은 것 같다. 자신이 해결 불가능이라 생각되는 문제에 휘말리면 해결 방법을 의논하기보다 '시끄럽게 소리 시르지 마!'라며 눌리쳐버린다.

당시의 와카마쓰 씨의 의식은 아직 대기업의 자회사 사장이었다. 그러니 '반은 집에서 반은 회사에 출근'과 같은 유연한 업무 방식은 그에게는 있을 수 없었다. 그가 그리고 있는 '제대로 된 회사 형태'에 내가 일방적으로 멋대로 말하고 있는 상황, 회사란 개인의 사정을 들어주는 곳이 아니라는 분위기가 되고 말았다.

나로서는 아이와 가능한 함께 있으면서 일하고 싶지만 그렇다고 일을 소홀히 하지는 않는다. 오히려 효율이 높으므로 생각해봐 달라고 부탁하려던 것이었다. 직원은 고작 두 명, 근무 규칙도 아무것도 없다. 그런데도 생각조차 안 해본다는 것은 지나치게 융통성이 없다는 말이다.

그때까지의 관계는 결코 나쁘지 않았고 "오타키 씨에게는 정말로 감사하고 있어요.", "뭐든 의논해요." 라는 말을 자주 들었기에 나로서는 급변한 태도에 '왜 해고야?'라며 머릿속이 '!?'로 가득해져 말도 나오지 않을 정도로 충격을 받았다.

　이후에도 일방적으로 강한 어조로 말하는 바람에 이쪽
의 변명이나 생각을 잘 전달하지도 못하고 이해하지 못한
채로 있었다. 나 자신이 더는 이 사람과 일하는 건 무리라
는 생각이 들었고 완전히 질려버려서 순순히 그만두기로
했다. 더구나 그 주말로 해고라고 해서 완전한 노동기준
법 위반이었지만 나도 오기가 생겨 최종일까지 빈틈없이
일했다.

'일을 움직이기' 위해
필요한 것

　　　　　　　　벌써 12년이나 지난 이야기다. 지금이
야 서로에게 하고 싶은 말을 해도 아무렇지 않은 관계가
되었지만, 곰곰이 생각해보면 내게도 미숙함이 있어 상대
에 대한 배려가 부족했었다고 생각한다. 지금이었다면 같
은 상황이었다 하더라도 좀 더 다르게 말했을 텐데, 하고
말이다. 하지만 그 당시 나로서는 정면으로 부딪쳐갈 수밖

에 없었고 내 최선이었다.

육아도 일도 열심히 해야만 한다는 압박을 스스로 가하고 있었던 것 같다.

조금 더 유연성이 있거나 사람과의 의사소통을 기본적으로 능숙하게 잘하는 성격이었다면 훨씬 빨리 깨달았을지도 모른다. 나는 개인적으로도 그다지 새로운 사람과 이야기하는 것을 좋아하지 않고 여럿이서 와자지껄하는 것도 서툰 편이다.

일에서도 의사소통을 하는 일은 솔직히 말하면 귀찮고 여기저기 약삭빠르게 뛰어다니는 모습이 어쩐지 교활하게 느껴졌다. '속마음은 이렇지만 이렇게 말하는 편이 상대에게 좋겠지'나 '지금 말하면 불쾌한 기분이 들 테니 다른 기회에 하자'고 하는 것들이 약아빠진 느낌이 들어 싫었다.

'정면으로 부딪치는 내가 좋아', '부딪쳐보는 쪽이 정정당당하다'는 느낌이 있었기에 그걸로 됐다고 생각했던 부분이 있었다.

사람은 자신이 능숙하지 못한 것을 '가치가 없다. 의미가 없다'고 생각하며 자신을 정당화하기 쉬운데 그런 자세를 가지고서는 잘 안 풀리는 일이 많다.

해고로 넌더리 난 것도 있지만 복귀하고서 진지하게 일을 마주해가는 과정에서 '어떻게든 결과를 내고 싶다'는 마음이 강해지니 반대로 방식에 대한 고집은 점점 약해져갔다. 정면 돌파는 스스로에게도 상처를 주고 지치게 해 결국 바라던 일이 실현되지 않는다는 것을 어느 날 깨달았다.

설사 순간적으로 잘 된 것처럼 생각되어도 서로 싫은 감정이 남아 있거나 상대가 마음속으로 이해하지 않았거나 하면 일은 앞으로 나아가지 않는다. 나는 무엇 때문에 이렇게 에너지를 소모하고 상대를 불쾌하게 만들고 있었는지 생각했다.

중요한 점은 일이 나아가 좋은 결과로 이어진다고 해서 '나는 이런 사람이다'는 부분이 드러나는 것이 아니다. 결과를 내는 일이 자신에게 있어 의미가 크고 행복하면 당연히 모두에게도 좋은 것이라는 걸 막연히 이해할 수 있게 되었다.

이를 정말로 깨닫기까지 몇 년이나 걸렸지만 그런 것을 경험해가면서 '일을 움직이기' 위해 나 스스로가 어떻게 있어야 하는지 희미하게나마 보게 되었다.

다시
돌아오지 않을래요?

　　　　　　　　그만둔 뒤에도 와카마쓰 씨에게서는 "일 어떻게 됐어요?", "도와줄 일 없어요?" 등 몇 번의 문자와 전화를 받았다. 내가 못난 짓을 했구나, 라고 느끼고 있었던 모양이다.

　하지만 그때는 이미 완전히 신뢰를 잃어버렸기에 '어른스러운 대응'의 느낌으로만 대했다.

　어느 날 아직 가을 초입의 계절이었던 것 같은데, 아들과 함께한 이벤트에 초대를 받았다. 그때 와카마쓰 씨가 "좀 더 빨리 이 아이를 만났더라면 좋았을 텐데"라며 혼잣말을 중얼거리던 것이 기억난다.

　'아이'라는 실물의 존재, 초등학교 3학년인 아들은 여전히 키도 작고 천진난만한 얼굴이라 '여름방학 내내 온종일 혼자 집에 있게 만들 수밖에 없는 엄마의 마음'을 실제로 만나고 나서야 비로소 알게 되었다고 했다. 그때는 상상력 결여구나, 하고 생각했지만 평소에 아이를 접할 기회가 없는 사람에게는 그럴지도 모르겠다.

한편 아들은 엄마를 해고한 사장을 만난다는 것 때문에 긴장하고 있었나 보다. 이벤트 도중 갑자기 화장실에서 구토해 그런 일은 처음이었기에 깜짝 놀랐다. 하지만 서서히 마음을 터놓으며 와카마쓰 씨와도 이야기를 나누게 되었다.

그런 일이 있고서 얼마 후 "다시 돌아오지 않을래요?"라는 연락을 받았다. 물론 굉장히 망설였지만 일할 곳도 아직 정해져 있지 않고, 일단 있을 수 있는 만큼 있다가 싫은 일이 생기면 그때 그만두자는 어중간한 마음으로 회사로 돌아가기로 했다. 그때는 이미 번역 업무는 종료하고 조금씩 상품을 수입하여 판매하거나 자체 상품 개발도 시작하려는 타이밍이었다.

보통 회사에 들어가면 전화기나 FAX며 대형 복사기 등 업무에 필요한 것은 사전에 갖추어져 있는 것이 당연지사. 그런데 창업을 한 경우에는 업적이나 회사의 역사, 즉 신용이 없으므로 복사기조차 임대할 수 없는 상황서부터 시작한다.

마찬가지로 이미 완성된 회사에 들어가면 '당신은 PR 담당이니 오늘은 잡지사를 돌아요', '월말까지는 이 자료를 만들어 놔요' 등등, 해야 할 일이 얼마든지 있을 것이다. 하지만 아무것도 없는 것에서부터 시작한 회사에서는 이상이나 목표라는 것은 있어도 구체적으로 무엇을 해야 좋을지는 자신들 스스로 생각해내야만 한다. 언뜻 보기에는 막연히 일이 있는 것처럼 보여도 그것은 점과 점에 지나지 않을 뿐, 어딘가에 다다르는 듯한 흐름의 일이 아닌 어디까지나 '오늘의 일.' 그날그날을 지내는 것에 가까운 감각이다.

우리가 일을 만들고 비록 작아도 어느 정도 성과를 내지 않으면 회사의 존재 자체가 위험해진다. 신기루처럼 흔들리는 상태가 된다. 정말로 제로부터 시작한 회사는 모두 비슷한 부분이 있지 않을까 생각한다. 사실 창업 후 3년 이내에 70퍼센트 가까운 회사가 도산이나 폐업을 하게 된다는 이야기도 듣는다.

내가 설립한 회사가 아닌 만큼, 꽤 냉정하게 회사의 상황이나 사장의 사고방식과 행동을 주시하던 부분도 있었다.

이미 한 번 해고도 당했고 망할 것 같으면 그만둬야겠다고 생각하고 있었지만, 내가 무엇을 하고 안 하고의 차이로 회사의 운명도 크게 좌우된다는 것을 알았다.

'회사가 있기에 일이 있는' 게 아니라 '내가 일을 하면 회사는 있다'는 역발상을 할 수밖에 없었던 것은 스스로에게 있어서는 오히려 좋았다는 생각이 든다.

이미 훌륭한 그릇인 회사에서 계속 일하면 자칫 잘못했다간 결국 자신은 속 빈 강정이 될 수도 있다. 나도 이전에 다니던 회사에서는 거래처 사람들에게 애지중지 귀한 대우를 받은 경험도 있었다.

하지만 조금 물러나 현실을 바라보면 그 회사에 소속되어 있으므로 'OO의 오타키 씨'로서 모두가 상대를 해주고 일도 있었던 것이지, 그곳을 그만두니 아무것도 없었다. 자신의 원래 모습으로 무엇을 할 수 있을지를 알고 싶으면 아무것도 없는 것에서부터 시작해볼 필요가 있을지도 모르겠다.

창업하려는 사람은 좋든 나쁘든 조금 독특한 버릇이랄지 개성이 있는 듯하다. 창업을 시작하기까지의 결단력이나 대담함, 야심이나 강한 의지, 재미있는 아이디어, 그것으로 사람을 이끄는 힘이 있는 한편, 막상 구체적으로 일을 진행하려고 하면 뜻밖에 실무 능력이 낮은 경우도 있다. 이는 여러 사람을 만나면서 느낀 감상인데, 와카마쓰 씨는 정말로 남달랐다.

지금이야 본인에게도 솔직하게 말하고 있지만, 예를 들어 창업을 시작했을 당시 사장이 작성한 업무용 편지를 받았는데 그대로는 거래처에 보내지 못 할 상황이 생겼다. 아마 그 전까지는 큰 회사에 소속되어 있어 부하에게 시켜왔을 테다.

그렇다고 해서 '이대로는 안 돼요. 다시 작성해주세요'라는 말을 했다간 또다시 해고라는 전철을 밟게 될 거라는 걸 나는 잘 알고 있었다. 당시의 그는 굉장히 자존심이 강해 지적이나 조언을 순순히 받아들일 수 있는 사람은 아니었다. 그것이 '사장이니까 나를 강하게 보여줘야만 해'라는 허세 같은 것임을 나중이 되어서야 알게 됐지만….

　게다가 지나치게 질책했다가 이 사람의 의욕이 없어지면 이 회사는 끝나버릴지도 모른다고도 생각했다. 그래서 어떻게든 자존심과 의욕을 유지하되, 실무적으로는 제대로 해나가야만 한다는 것을 차차 알게 되었다.

　궁리 끝에 문서 종류는 본인에게는 아무 말도 하지 않고 일단 확실하게 수정하기로 했다. 사장에게는 "알겠습니다. 보내겠습니다"라고 말해놓고는 몰래 수정했다. 혹은 내가 먼저 작성해놓고서 "이건 어떤가요?"하고 보여주기도 했다.

　뜻밖에 이 역할이 싫지 않았던 것은 내가 기본적으로 모두 스스로 생각해서 일하고 싶어 하며 시킨 일보다 시키지 않은 일을 하는 게 좋았기 때문이라 생각한다.

　이후 다양한 상품을 수입하게 되었는데 우리 회사에는 자영 점포는커녕 온라인 쇼핑몰조차 없었고 사장은 어떻게 팔아야 할지 판매 수단도 진지하게는 생각하지 않는 듯했다. 지금 생각하면 참으로 무서운 이야기다.

　대부분 상품은 당시 웰빙 붐을 타고 거래처도 생겨 어찌

어찌 판매할 수 있었지만, 어차피 일시적인 행운에 지나지 않았다. 시속해서 회사를 지탱하기 위한 시스템은 전혀 존재하지 않았다. 이번 달은 매상이 올랐지만, 다음 달은 제로일지도 모를 정도로 불안정했다.

이대로 가만히 놔뒀다가는 회사가 망하고 말 거라는 생각에 '아무래도 라쿠텐(인터넷 쇼핑 서비스를 시작으로 인터넷 서비스를 하는 기업—옮긴이) 등에서 팔면 좋을 것 같으니 해보겠습니다'라며 아주 강력하게 요청해 혼자서 설명회에도 나가고 우선은 내 힘만으로 온라인 쇼핑몰을 구축해보기로 했다. 풋내기 작품이라 디자인 레이블 등 질은 낮았지만 일단 필요한 것을 대강이라도 갖추고자 했다.

'또다시 싫은 말을 들으면 이번에는 내가 그만둘 거야'를 항상 가슴 깊은 곳에서 생각하면서도 할 수 있는 데까지 해보자는 심정으로 '이런 것도 필요하죠?', '이것도 해놓을까요?'라며 계속해서 제안하면서 동시에 만들어나가기 시작했다.

돈을 들일 수 없었기에 일단은 서점에 들러 서서 읽은 디자인책을 참고하여 회사 안내나 명함, 전단과 팸플릿도 제작해봤다. 얼추 형태가 갖추어지자 "이런 건 어때요?"하고 사장과 또 한 명의 직원에게 보여줬다. "대단해! 이런 것도 할 줄 알아요?"라며 놀라는 모습에 이상하게 기분이 좋고 즐겁다고 생각하게 되었다. 점점 디자인에도 욕심이 생겨 직접 디자인 전용 소프트웨어를 사용하는 것이 좋다고 판단해 강좌를 찾아 한동안 다니기도 했다.

못난 상사
취급 기술

인제 와서 와카마쓰 씨를 규탄하고 싶은 것은 결단코 아니지만, 못난 상사로 고민하는 모두를 위해 당시의 에피소드를 한 가지만 더 소개하겠다.

앞에서도 잠깐 말했듯이 당시의 와카마쓰 씨는 여전히 자본력 있는 대기업의 산하 자회사 사상의 이미지를 벗어나지 못했다. 많은 돈을 사용하면 반드시 돌아오는 게 있다고 믿고 있어서 광고에 몇백만 엔의 돈을 들이는 것은 당연하다고 생각했던 것 같다. 여기저기에서 긁어모아도 매상이 아직 한 달에 100만 엔, 200만 엔도 채 안 되는 시기에 말이다.

인터넷 쇼핑몰 컨설턴트가 방문했을 때도 "얼마를 지급하면 3개월 후에 월 100만 엔 이상의 매상을 올릴 수 있게 됩니까? 빨리 그걸 알려줘요!"라며 뜬금없이 말을 꺼내는 바람에 옆에 있던 나는 정말이지 창피해서 '무슨 말도 안 되는 소리야…. 그런 거로 팔리면 누구나 다 팔 수 있지 않겠어?'라며 속으로 생각하고 있었다. 컨설턴트는 굉장히 곤란해 했지만, 돈을 지급하겠다는 말에 좋은 고객이 될 것 같았는지 광고를 여러 가지로 추천해주었다.

세상에 알려지지 않은 브랜드 상품은 약간의 돈을 내고 광고를 해봤자 전혀 팔리지 않는다. 설사 몇백만 엔이나 비용을 들여 일시적으로 팔렸다 하더라도 그뿐이다. 이런 일은 정말로 착실하게 노력하는 수밖에 없다.

당시에는 아직 유효했던 웹진을 부지런히 내거나 평판이나 리뷰(상품을 사용한 감상)를 늘려나가거나 지인과 지인의 지인에게 상품을 보내어 사용하게 하는 등. 할 수 있는 방법들을 꾸준히 하는 것 외에는 방법이 없다.

만약 내가 해고된 후가 아니었다면 '그런 건 잘 될 리가 없잖아요, 돈을 시궁창에 버릴 생각이세요?'라고 가차 없이 말했을지도 모른다. 하지만 트라우마가 확실히 남아 있어 정면으로는 말하지 않은 습관이 몸에 배어 있었다. 직접 말하진 않지만 스스로 잘 생각한 다음 나중에 몰래 컨설턴트에게 상담하거나 책이나 인터넷으로 찾아보곤 했다.

거기서 의논을 시작하면 의논의 승부로 일이 정해져 버리므로, 정말로 올바른지 어떤지는 그다음 문제가 되고 만다. 논리적으로 생각하면 아무리 사장이라 해도 잘못된 건 잘못되었다고, 갓 들어온 아르바이트생이라 해도 옳은 건 옳다고 해야 한다. 하지만 사회는 그렇게 되어 있지 않아 높은 자리에 있는 사람은 자존심 탓에 자신이 잘못되었다는 것을 순순히 인정하지 못하는 것이다.

거기서 나는 문서 종류를 몰래 수정했을 때와 마찬가지로 '그건 아니다'라고 생각되는 의견을 들어도 그 자리에서는 "과연, 그런 생각도 있군요"하며 가만히 듣고서, 보이지 않는 곳에서는 다른 것을 준비해 놓거나 "그것도 좋은 생각이지만 이런 방법도 있어요"라며 조심스레 제안하는 등, 기분 상하지 않게 하면서 내 생각을 전하는 방식을 궁리했다.

언제, 무엇을, 어떤 식으로 전하느냐에 따라 일의 진행 방식이나 실현 가능성까지 크게 달라진다. 그런 것들도 서서히 배워나갔다. '그런 일이 업무 스킬이라고? 상사의 성격까지 파악해서 일하는 건 불가능하다'고 생각하는 사람도 있을지도 모르지만 아니다. 일을 진행해나가는 데 있어 이것은 꽤 중요한 기능 중 하나다.

이 부분을 연마해나가지 않으면 아무리 자신 개인의 능력을 갈고닦아도 생각지도 못한 곳에서 좌절하게 될지도 모른다. 경험자가 하는 말이니 신빙성은 꽤 높을 거로 생각한다.

사장님, 계좌에 잔액이 없어요

이런 상황 속에서 회사 초기, 특히 첫 2, 3년은 매상도 불안정하고 잘 풀리지 않는 시기가 계속되었다. 함께 일하고 있던 또 한 명의 직원이 어느 날 "전기세를 낼 수가 없는데요"라고 말한 것을 아직도 기억하고 있

부족함? 에게는

여자, 해고되다

다. 회사 계좌에 세 자릿수의 돈밖에 들어있지 않았다. 와카마쓰 씨가 꾸깃꾸깃한 천 엔 지폐를 주머니에서 꺼내어 "이걸로 내"라며 건넸다. 아무렇지 않은 듯한 대화였지만 실은 큰 위기였다.

고생과 어려움을 겪으며 와카마쓰 씨도 조금씩 변해갔다. 어려운 시기임에도 직원들이 지탱해주고 있다는 것을 현실적으로 느끼게 된 것일지도 모른다.

지금도 감사해 하고 있는 것은 상품도 팔리지 않고 돈도 별로 없는 그런 상황 속에서 직원을 해외에 자주 데리고 나가주었다. "상품을 팔 가망은 없지만 좋은 것을 봐두면 분명 나중에 도움이 될 거야"라고 말하며 미국이나 유럽에서 개최하는 오가닉 제품 전시회 등에 몇 번이나 데리고 갔다. '실물을 많이 봐두는 게 좋다'는 이유로 또 한 명의 직원과 셋이서 다양한 곳을 여행했다.

사장이 처음으로 미국 서해안에서의 전시회에 데리고 간 것은 아들이 아직 초등학교 3학년 때였다. 낮에는 이웃 친구에게 보살펴달라고 부탁하였고 밤에는 애 아빠에게 일찍 퇴근하라고 해서 어찌어찌 일주일간 집을 비웠다. 아

여자, 오늘도 일하다

들이 꽤 크고서 그때의 일을 떠올리며 "그때는 외로웠다"
는 이야기를 해준 적이 있다. 그 말에 정말로 마음이 아팠
지만, 당시의 나에게는 여러 가지 갈등 속에서, 그렇지만
한걸음 전진할 수 있었던 그 경험은 특별한 것이었다. 출장
중에 찍은 사진 속 내 얼굴은 하나같이 울상이었다. 가족
과 주변 사람들에 대한 고마움과 함께 일이 나를 이곳에
데려 와주었다는 기쁨에 북받쳤다.

　이럭저럭 하는 사이에 겨우 주력 상품이 미국에서 들어
왔다. 상품은 마찬가지로 허브를 원료로 한 건강보조식품
이었는데, 일본판 개발에 2년 이상이 걸려 기다리고 기다리
던 날이 드디어 찾아온 것이다. 설마 그것이 반년 동안 한
개도 못 팔고 계속 창고에 잠들게 될 줄은 몰랐지만.

　애초에 '이 상품을 팔고 싶다'는 각오로 와카마쓰 씨는
회사를 세웠다. 전에 다니던 회사에서 오가닉 식물 원재료
를 찾고 있던 때, 미국에서 한 회사와 만나 상품이며 창업
자의 이념에 완전히 반했다. 하지만 막상 상품이 도착해도
판매할 방도가 전혀 없었다. 그때까지의 일본에는 없는 유
형의 상품이라 어떻게 표현해서 홍보를 진행해야 좋을지

몰랐었다.

일본 법률('약사법')상, 미국에서 표현하는 것의 대부분을 표기할 수 없다는 문제도 있었지만, 실제로 '식물의 힘으로 심신의 균형을 맞추다', '높은 레벨로 건강을 향상한다' 등, '○○에 좋다'고 전체적인 표현으로 분명하게 홍보해서는 안 되는 상품이었다.

본래 건강보조식품이라는게 세끼 식사를 보조하는 것이다. 식사에서 충분하게 양질의 영양소를 매일 보충하면 불필요한 것이기도 하지만 현대의 식생활에서는 그것이 꽤 어려워졌다. 그래서 좋은 건강보조식품이 있을수록 광범위에 걸쳐 심신을 건강하게 해준다. 식사라는 게 본래 그런 것이니까. 오늘 식사는 눈과 간만 건강하게 해주었구나! 와 같은 일은 일어나지 않는 법.

사장인 와카마쓰 씨와 또 한 명의 직원과 나 셋이서 매일 어떻게 하면 팔릴까, 이도 저도 아닌 상태로 온종일 서로 이야기를 나누었다. 이 외에는 거의 해야 할 업무도 없었기에 모두가 책상을 둘러싸고 앉아서 정말로 말 그대로 이야기만 하는 일상이 한 달 이상 계속되었다.

결국, 셋이서 생각에 생각을 거듭한 끝에 어디에 좋고 어떤 목적으로 섭취하는가와 같은 내용은 일절 말하지 않기로 했다. 당시로써는 무모하다고도 말할 수 있었다. 실제로 고객에게 "효과나 목적을 확실히 말하지 않는 건강보조식품이 섭취할 의미가 있나요?"라는 말을 들은 적도 있었고 우리도 '완전히 말씀하신 대로'라고 생각하고 있었다.

하지만 뭔가를 말하면 어떤 중요한 것을 잃어버리게 된다. 거기서 한정해버리면 상품이 가진 가능성을 좁히게 한다. '그렇다면 아무것도 말하지 말자'라는 결론을 내리게 된 것이다. 물론 원재료에 무엇이 들어있는지, 품질에 관한 것 등의 필요한 정보는 전한다. 인간이란 너무 깊게 생각하면 뜻밖에 단순한 답에 이르게 마련이다.

당연히 처음에는 좀처럼 팔리지 않았지만, 시간이 지나자 고객들이 체감했다. 이러이러한 변화가 있었다며 블로그나 잡지 등에 서서히 이야기를 해주기 시작했다. 그중에는 저명인사도 포함되어 있었는데 한 사람이 작가 요시모토 바나나였다. 정말로 평범하게 구매한 고객이었는데 자신의 블로그에 체험담을 생생하게, 그리고 굉장히 힘있게

써주었다.

'블로그'라는 매체 자체가 지금보다 더 생각할 수 없을 정도의 힘이 있었던 시대이기도 했다. 제품명이 '이번 주 주목할 만한 단어'로 신문에 나올 정도였으니까. 바나나 씨 덕분에 지금의 회사가 있다고 말해도 과언이 아닌데, 만약 우리가 예를 들어 '다이어트 식품'으로 상품을 팔았다면 절대로 이런 일은 일어나지 않았을 것이다.

이후에도 기복을 겪으며 여러 가지 일이 있었지만, 덕분에 올해로 창업 13년째를 맞이하며 회사는 계속되고 있다.

나는 꽤
불평쟁이였다

지금에 와서 되돌아보면 나는 꽤 불평쟁이였던 것 같다. 주변 환경에도 불만이 있었지만 자신에게도 굉장히 불만이 많았다. 아마도 거의 대등했다고 생각한다. 안 되는 부분이나 부족한 부분을 다른 사람과 비교하거나 예전에 다니던 회사와 지금의 회사를 비교하며 '이것도 없고 저것도 없어. 그럼 못하잖아!'라며 정색했었다.

그랬던 내가, 내가 하지 않으면 아무것도 없는 정도가 아니라 회사가 소멸해버릴지도 모른다는 상황 속에서 스스로 실마리를 찾으며 차례로 몰두해나가면서 자연스럽게 '없는 것을 찾으면 기회다. 내가 하자'라며 정반대로 바뀌었다.

"정말 귀찮아"라고 말하면서도 실제로 반은 그렇게 생각하고 있었지만, 나머지 반은 뭐랄까 기쁜 마음이 있었다. 청소를 좋아하는 사람이 더러운 부분을 발견하면 '하아~, 이렇게나 더러워서야'와 같이 말하면서도 기뻐하며 청소를 하는데, 딱 그런 기분이었다.

부족한 거야 당연히 갓 시작한 회사에는 셀 수 없이 많았지만 아무리 완성된 회사라도 실제로는 분명 많이 있을 것이다. 그런 부분을 발견해도 '해야 할 일이 늘어나니까 나는 안 해'라는 사람도 있을 테고. '안 되는 건 그대로 놔두는 편이 나로서는 편하다'는 부분도 있다고 생각한다. '이것이 안 되기 때문에 나는 못 해'라며 스스로에게도 타인에게도 변명할 수 있기에 구태여 그것을 해소하려 하지 않는 것이다. 본인 스스로는 자각하지 못 하는 경우도 많아서 바로 불만만 가득히 내뱉어버린다. 예전의 나도 그랬다.

하지만 스스로 찾아낸 일에 몰두함으로써 새로운 기쁨을 발견하고 다른 직원이나 고객이 기뻐해 주는 등 다양한 성과와 부산물이 생겨난다는 실감을 하게 된 나는 점차 스스로 '부족한 것'을 찾아 나가게 되었다. 내가 지금까지 존재하지 않았던 가치를 만들어내고 무언가를 바꾸는 시작이 된다는 발견이 내게는 컸다고 생각한다.

'부족한 것'이 있을 때, '나에게는 아무것도 주어지지 않는다'며 의욕을 잃고 자신을 무력하다 느끼기 쉽다. 하지만 오히려 자신에게 기회를 주는 것이라고 180도 전환하여 파악할 수 있게 되자 조금 과장된 듯한 표현이지만 인생이 바뀌었다.

적어도 '일하는 인생'이 있었기에 확실히 다른 길을 걸어 나가게 되었다고 생각한다. 되돌아보니 스스로에 대한 불만도 제법 적어졌다는 것을 깨달았다.

다섯

여자, 회사를
움직이다

시대의 흐름이나 사람들의 기분 등의
변화를 섬세하게, 바람을 느끼듯이 민감하게
느껴나가는 자세가 요구된다.
나는 그것이 완전히 단련된 상태라고는 아직
말하기 어렵지만, 분명 필요로 하는 것은
숫자를 통한 분석력보다도 '느끼는' 힘을 더욱
단련해나가는 것으로 생각한다.

의심과 불안을
믿는다

'너무 의심스러운데….' 내가 자사 상품의 홍보 문구에 대해 마음속으로 계속 안고 있던 위화감이었다. 물론 상품의 품질에는 자신이 있었고 앞에서도 말했듯이 부분적인 효과나 목적을 강조하지 않고 팔아 나간다는 방침은 전원이 이해한 후 결정한 것이었다.

다만 브랜드 이미지에 대해 당시 사장이었던 와카마쓰 씨는 미국 개발자가 내걸고 있던 것을 모조리 그대로 이어받고 있었다. 그것이 '희대의 치유자가 만든 궁극의 건강보조식품'이란 문구다.

개발자인 미쳴 메이는 히피 세대로 기성 가치관에 얽매이시 않고 문명석으로 지나지게 편리한 생활에 의문을 갖고 자연 속에서의 자유롭고 평화로운 생활을 추구하는 분위기 속에서 청춘을 보낸 사람이었다.

10대 후반에 생사를 넘나드는 교통사고를 당해 죽었다가 살아났다는데, 입원 중에 특수한 능력을 갖춘 한 남성을 만났다. 그의 도움으로 부상이 비약적으로 치유되면서 미쳴은 그의 제자가 되어 자신도 같은 활동을 하던 시기가 있었으며 전미의 우수한 치유자들을 모은 특집 잡지의 표지에 선정되기도 했다.

다만 그는 치유자를 생업으로 삼았던 것이 아니라 늘 무상으로 아픈 사람들을 진찰했다. 실제로 만나면 누구나 그가 얼마나 상식적인 젠틀맨이고 우수한 기업인인지 알게 되었다. 심리학 박사 칭호를 가진 지성파이며 풍력 발전을 추진하고 삼림 벌채를 방지하는 활동도 하는 진짜 자연주의자. 더욱이 경제적 지원을 필요로 하는 사람들에게 매상 일부를 기부하는 사회사업가이기도 하다.

상품의 원형은 자신을 치유하기 위해 다양한 전문가들

과 연구를 거듭해 만들어낸 것이었기에 확실히 그 홍보 문구에 거짓은 없었다. 치유자로서의 전례 없는 그의 능력이 다른 데서는 흉내 낼 수 없는 대단한 상품을 만들어냈다.

하지만 나는 '너무 의심스럽다'고 생각했다. 내가 그렇게 생각한다기보다도 세상 사람들이 틀림없이 그렇게 생각할 것이라 느끼고 있었다. 실제로 여러 곳에서 부정적인 의견을 보고 듣게 되었다.

발매 이후 몇 년 동안 나는 가족 이외의 그 누구에게도 우리의 상품을 당당하게 권할 수 없었다. '왠지 수상쩍은 것을 사게끔 한다'고 여기지 않을까 싶어 오히려 앞질러 가 이야기를 피하던 정도였다.

'이 방법밖에 없을까? 이대로는 고객을 한정시키고 말 거야. 훨씬 폭넓게 많은 사람에게 사용하게 하고 싶은데.'

그렇게 생각한 나는 각오를 하고서 와카마쓰 씨에게 어떤 제안을 했다.

"치유자라는 문구, 빼는 게 어떨까요?"

상품을 취급하기 시작한 지 이미 4년의 세월이 흘렀고 회사는 창업 7년째를 맞이했었다.

그때의 와카마쓰 씨가 무슨 말을 했는지는 생각나지 않지만, 그는 '그게 가능하면 꼭 그렇게 했으면 좋겠다. 나만 우리에겐 그런 힘이 없을 텐데'라고 생각하는 눈치였다.

분명히, 지금껏 해온 홍보의 '핵심'을 버리고서 과연 많은 고객에게 지지를 받을 수 있을까 하는 불안이야 당연히 있었고, 실제로 거래처로부터 반대 의견도 많이 받았다.

"단순히 오가닉 식물 52종류를 가루로 만들었습니다고만 하면 안 팔린다고요.", "왜 치유자라 말하면 안 됩니까? 갑자기 방침을 전환하면 곤란해요." 내가 반대 관점이었더라도 분명 똑같이 느꼈을 것이다.

나라고 망설임이 없었던 건 아니다. 다만 내가 느끼고 있는 이 위화감을 부정할 수 없었다. 몇 번을 단념해도, 몇 년이 흘러도 늘 똑같은 의문에 다다르고 마는 마음을 버릴 수가 없었다.

이제
당당하게 권한다

우선은 도매상들의 불안감과 불신감을 말끔히 떨어 없애는 일이 급선무였다. 새로운 이미지-중립적이고 자연스럽고 깨끗하며 건강상으로 여성들에게도 지지받을 수 있는-를 모든 판매점에서 공유하도록 하기 위해서는 뭔가 준비를 해야 한다고 생각했다.

당시에는 10곳 정도의 온라인 쇼핑몰 회사를 통한 매상이 전체 매상의 70퍼센트를 차지하고 있어 모든 홈페이지에는 '치유자가 만든 궁극의 건강보조식품'으로 홍보되고 있었다. 아무리 이쪽에서 바꿔 달라고 간절히 부탁해봤자 상대는 애당초 바꿀 생각이 없었으며 쓸데없는 일만 늘어나고 그보다 변경하면 지금보다 매상이 떨어질 거로 생각한 탓에 좀처럼 적극적으로 협력해주지 않았다.

이때 든 생각이 '모두가 같은 캠페인으로 통일하고 홈페이지나 배너, 팸플릿에 이르기까지 브랜드 이미지에 관련된 부분은 모두 우리 쪽에서 준비하여 건네자'는 것이었다. 상대편에게도 득이 될 수 있도록 도매가에 맞먹는 할인 기획이나 선물을 준비하고, 전단 등도 우리 쪽에서 디자인하여 필요한 수만큼 찍어 보냈다.

적은 사람으로 이 모든 일을 해나가기는 결코 쉽지 않았지만 매달 새로운 캠페인을 벌이고, 그때마다 행사에 필요한 거의 모든 것을 갖추어 회사에서 공유해주었다.

디자인에도 비용을 들여 가능한 질 높은 결과물이 나오도록 신경 쓰고, '우리 경우에는 이 문장은 빼주세요.', '다른 치수의 데이터도 받을 수 있습니까?', '전단의 이 부분에 회사명을 넣어주세요.' 등등, 상대편에게 부담이 가지 않도록 세세한 요구에도 응하려 노력했다.

작업을 계속해나가는 사이에 비록 서서히 이기는 했지만, 새로운 브랜드 이미지가 정착되어 갔다. 물론 대기업처럼 TV 광고를 내보내거나 잡지에 대대적으로 광고를 내걸 수는 없었기에 브랜드 이미지라고 해도 확실하게 소비자의 머릿속에 입력되는 건 아니었다. 당사의 제품을 아는 사람도 한정되어 있고, 큰 소리로 명품이라 말할 만한 것은 아닐지도 모른다.

그래도 확실히, 우리가 전하는 메시지와 고객으로부터 들려오는 말도 이전과는 완전히 달라졌다. 불필요한 선입관을 없애고 상품 자체의 대단함을 제대로 전해나가자 오로지 건강을 바라는, 정말로 건강에 도움이 되는 양질의 상품을 찾는 많은 사람에게까지 가닿게 되었다.

예전이라면 상상도 못 했던 일이지만 젊은 여성들에게 인기 있는 편집숍이나 일본 제일의 판매를 자랑하는 백화점에서도 입점 요청이 들어오게 되었으며 여성잡지나 무크지 등에도 매월 게재되었다. 무엇보다 가장 큰 변화는 나 스스로가 누구에게든지 당당하게 상품을 권할 수 있게 된 것일지도 모르겠다.

한발 앞서
걷는다는 건

이 일과 관련해 재미있는 후일담이 있다. 판매 방침을 전환하려는 기획을 미국 개발자에게 전하자 '왜?', '도대체 그걸로 어떻게 팔 생각인 거야?'라면서, 반대는 하지 않았지만 당장에는 이해해주지 않았다.

그런데 그로부터 1년 정도 지난 어느 날 미국에서 한 통의 메일이 도착했다.

'홈페이지를 8년 만에 리뉴얼하기로 했습니다. 봐주세요.'

새로워진 사이트를 열어보니 디자인이 대폭 바뀌었을 뿐만 아니라 거의 모든 페이지에서 '치유자'라는 말과 미첼의 치유자 시절의 사진 등이 깨끗하게 사라지고 없었다. '중립적으로 함으로써 더욱 많은 고객이 구매하기 쉽게 했습니다.' 메일에 자신만만하게 쓰여 있는 문장을 보고 "그거 우리가 먼저 했잖아!"라며 와카마쓰 씨와 둘이서 무심코 크게 웃었다. 게다가 우리가 돈을 들여 촬영한 상품 이미지 컷도 버젓이 게재되어 있었다.

미국 개발자는 우리의 수십 배, 혹은 그 이상의 매상을 올리며 많은 직원을 두고 있는 회사다. 그런 회사가 우리의 생각을 따라 하다니. 그들은 우리의 이야기를 흘려듣는 듯한 태도를 보이면서 내부에서는 그것을 상세히 검토하고 있었다고 생각한다.

방향 전환은 틀림없이 일본 이상의 큰 변화였다. 상품의 질은 물론이고 미첼이라는 인물을 전면으로 내세움으로써 팬을 확보해왔던 회사였다. 팸플릿 등도 영적인 느낌이 가득 있는 것만 만들던 사람들이다. 그들도 '이대로는 안 된다'며 어떤 위기감을 느꼈으리라.

이 경험은 자신이 느껴온 것을 믿어도 된다는 자신감을 주었다. 주위 사람보다 한발 앞서 걸을 때는 반드시 역풍이 따르게 마련이다. 하지만 동시에 어딘가 시원하고 상쾌한 기분도 맛볼 수 있다.

느끼는 힘

'느낀다'는 것은 실은 굉장한 일이다. 하지만 비즈니스에 있어 요즘에는 그다지 가치 없는 것으로 취급받으며 숫자 데이터나 논리적으로 설득하는 자료가 지나치게 중점에 놓여 있는 것 같다.

경험적으로 '왜 그런지 모르겠지만, 이상하게 그 부분이 신경 쓰여 조사해보니 실은 중요한 문제점에 부딪혔다', '왠지 이 사람 수상쩍단 말이지', '이대로 가면 잘못될 것 같은데'와 같은, 애매하고 불확실하게 생각되는 직관 같은 것이 회사를 구하는 일이 종종 있다.

앞의 사례에서도 브랜드 이미지의 전환이 있었기에 지금

의 회사가 있고 지금도 상품을 계속해서 판매할 수 있다는 결론은, 지금에 와서 판단할 수 있는 것으로 생각한다.

이 느끼는 힘을 단련하는데 최적이었던 것이 내 경우에는 육아였다. 아기와의 생활은 말이 안 통하니 우는 소리나 표정 등으로 관찰하는 수밖에 없다. 기저귀를 갈고 모유를 주고 안아줘도 울음을 그치지 않는 아이 때문에 어찌할 바를 몰랐다. 조금 더 커서도 아이가 무슨 고민을 하는지 무엇을 도와줘야 좋을지, 지나치지 않도록, 그러나 필요할 때는 손을 내밀 수 있게끔 찰나의 표정이며 말투나 태도 및 식욕 등으로 미루어 짐작하기도 했다.

비단 육아뿐만 아니라 고객의 소리나 직원의 모습, 청소 방식이 조잡하게 되어 있다든가 판매하고 있는 상품이 바뀌었다든가 하는 작은 변화를 놓치지 않도록 촉을 세워둔다. 그리고 그것이 무엇을 의미하고 있는지, 어떤 영향이 있을지를 상상하는 사고 습관을 익혀두면 어느 부분의 감각이 열리는 듯하다.

또한, 언뜻 보기에 일과는 관계없는 것처럼 생각될지도 모르지만 그림이나 음악 등의 예술을 접하는 것도 도움이 된다. 지식이나 논리나 수치로 이해하는 게 아니라 정말로 느끼는 수밖에 없기 때문이다.

‘좋다·나쁘다’, ‘맞다·틀리다’의 판단은 일단 제쳐놓고 그저 들어보고 맛 보는 것이다. 그런 시간을 의식적으로 가질 것. 현대의 비즈니스에서는 항상 불확실한 미래를 예견하는 힘이 필요하며 시대의 흐름이나 사람들의 기분 등의 변화를 섬세하게, 바람을 느끼듯이 민감하게 느껴나가는 자세가 요구된다. 나는 ‘느낀다’를 완전히 단련한 상태라고는 아직 말하기 어렵지만, 분명 필요로 하는 것은 숫자를 통한 분석력보다도 느끼는 힘을 더욱 단련해나가는 것으로 생각한다.

‘구태여 하지 않는 것’도 한 방법

새로운 브랜드 이미지도 정착했고 매상도 점점 높아져 가던 때, 좀 더 다양한 브랜드 제품을 취급하는 것이나 실제적인 자사 점포를 여는 것, 혹은 영업 직원을 몇 명 고용하여 적극적으로 판로를 확장해나가는 것, 아시아 각국에 수출하는 것 등, 여러 가지 가능성에 대해 매일 같이 와카마쓰 씨와 둘이서 이야기를 나누던 시기가 있었다.

특히 직영점에 대해서는 몇 번이나 이야기가 오갔고, 한 번은 건물까지 보러 가 점포 경영의 경험이 있는 한 지인 여성에게 맡겨 오가닉 카페를 시작해보자는 이야기까지 진행되었던 적도 있었다. 와카마쓰 씨는 꿈이 있는 도전을 제안하고 나는 항상 그것에 찬물을 끼얹듯 위험을 나열하며 반대한다.

꽤 짜증 나는 녀석이라 생각했을지도 모르지만 그런데도 의논만은 계속되었다. 나라고 해보고 싶은 마음이 없었던 것은 아니다.

하지만 동시에 실패했을 때의 위험을 생각해두지 않으면 브레이크가 듣지 않는 자동차에 올라타게 되는 것과 마찬가지다. 그런 일만은 일어나지 않도록 하기 위해서는 아무튼 달리기 전에 잘 생각할 것. 중요한 것은 앞에서도 말했듯이 '질문부터 다시 생각하는 것'이다.

느끼운 것은 믿어도 된다

133

예를 들어 '오가닉 카페와 건강보조식품 전문점, 어느쪽의 점포로 할까?'라는 의논에 들어가게 됐다 하더라도 '애초에 실질적인 점포가 필요한가?'를 생각해본다. '아무 것도 하지 않는 게 좋을까?'라고 하면 그건 또 아니라서, 우선은 상식이나 상투적인 수단, 과거의 성공 사례, 그런 것에 자연스레 이끌려 있는 부분부터 멀어져 가보는 것이 필요하다고 생각한다. 진짜의 의미, 필요성, 위험이라는 부분에 반복해서 되돌아가는 것이다.

그러면 '직접 점포를 여는 것보다 백화점 행사로 전국을 도는 편이 좋지 않을까? 위험도 적고'와 같은, 비슷하지만 조금 다른 대답에 머물게 될지도 모르고 훨씬 전혀 다른 아이디어가 나올지도 모른다.

하는 것이 보통이고 당연하다고 생각하는 것을 '구태여 하지 않는다', '없어도 할 수 있다'고 발견하는 것도 한 가지 방법이다. 다시 말해 새로운 스타일이자 아이디어다. 자본력도 인적 자원도 작은 우리 같은 회사는 돈을 들여 무언가를 하기 이전에 하지 않아도 잘 되는 방법을 생각해볼 필요가 있다.

또한, 무언가를 시작해도 예를 들어 '많은 광고비를 쏟아부으면 매상이 올라간다', '이미지 전략이 중요', '숫자로 일을 생각한다'와 같은, 언뜻 보기에도 정말로 옳다고 생각되는 것에는 주의해야 한다고 내 '느낌' 센서는 반응한다. 이런 것들은 모두 이른바 컨설턴트라 불리는 사람들이 사용하는 단어이기도 하다. 즉 '일반론'이라는 것. '일반론'이 아닌 답을 계속 생각하는 것이 작은 회사가 지속해가는 데 있어 매우 중요하지 않을까.

회사의 중심이
되는 것

신기루 같았던 회사가 작지만 성장하여 무모했던 시기를 극복했을 때 우리가 무엇을 목표로 하고 어디로 향하는가, 하는 회사의 중심을 새삼 의심하게 되는 타이밍이 찾아올지도 모른다. 브랜드 이미지의 전환이며 직영점 검토도 그런 흐름 속에 있던 기로였다. 매번 다른 갈림길과 하나하나 마주하면서 자신도 모르는 사이에 회사가 중요하게 여겨야 하는 것을 보게 된 듯한 생각도 늘었다.

상품을 수입 판매한다는 건 말로는 굉장히 단순한 비즈니스인 것 같지만, 업무는 뜻밖에 여러 갈래에 걸쳐 복잡하다.

미국과의 제조 협의(전화 회의 및 1년에 한 번의 현지 방문을 포함)에서 시작되어 수입 절차나 통관 준비, 제품 검사 및 라벨 디자인, 인쇄, 도매상 영업, 판매 후원 활동, PR 활동, 판매 촉진 캠페인 기획, 거기에 필요한 판촉물(전단이나 팸플릿 및 POP 등) 제작, 쇼핑몰 운영 및 캠페인 등에 맞춘 리뉴얼 작업, 출하 처리, 고객의 질문 대응, 적절한 재고 관리와 매상에 관한 여러 자료 작성, 불규칙한 이벤트 개최와 전시회 참가에 따른 업무, 경리·총무 업무 일체 등.

현재는 그것을 나와 세 명의 직원과 한 명의 아르바이트생(두 아이의 엄마)이 소화하고 있다. 또한, 출산 휴가 중인 직원이 있어 1년 반의 휴가 후 단시간 근무 형태로 복귀 예정이다. 다소의 증감은 있었으나 대체로 네다섯 명의 직원으로 해왔다.

애초에 거의 영업이라는 것을 하지 않는 회사였다. 지금도 영업 직원은 한 명도 없다. 창업하고 3, 4년은 와카마쓰 씨와 둘이서 여기저기로 팔러 다녔지만 조금도 성과가 없었다. 그런가 하면 어느 날 갑자기 전화가 걸려 와서는 다짜고짜 "그쪽의 뭔가 하는 그 상품 왠지 팔릴 것 같아요. 홈쇼핑에 내보낼 테니 다음 달까지 3,000개 준비해줄 수 있어요?"라고 하던 에피소드도 한두 번이 아니었다. 하지만 단 한 번도 그런 이야기에는 넘어가지 않았다. 실은 굴뚝같은 마음으로 매상을 원하던 시기였지만 그저 우직하게 '상품을 소중히 해주지 않는 사람 손에는 건네지 않는다'는 것만은 끝까지 지켰다.

지금도 거래 요청이 있을 때마다 "저희 제품은 사용하고 계십니까?"라고 물은 뒤, 사용하지 않는다고 하면 "사용해보시고 정말로 좋은 제품이라 생각되면 그때 다시 연락해주세요"라고 말하며 전화를 끊고 있다. 정말로 우리 제품을 애용해주고 열성적으로 말을 걸어준 곳에만 도매한다는 방침을 지속해온 터라 새로운 거래처는 거의 늘지 않았다.

그리고 아이템 수도 10년 전과 비교해 거의 그대로다. 지금 취급하고 있는 상품은 모두 자연의 속도에 맞춰 개발되었다. 원재료가 되는 식물의 최적의 '종'을 찾는 것에서부터 제품 만들기가 시작되므로 그것이 완성되어 일본에 도착하면 식물 재배지가 결정되고서 1년 반, 문헌 등으로 조사·연구를 시작한 시기부터 생각하면 빨라도 2년 반이 걸린다.

매상이나 종업원, 상품 수 등 규모 확대를 추구하거나 언제나 매상을 최우선으로 지향하는 것이 아니라 필요한 사람들에게 제대로 상품을 계속해서 전달하는 것. 지금 있는 직원들의 힘으로 할 수 있는 일을 최대한으로 해나가는 것. 이 상품을 필요로 하는 한, 함께 일하는 동료가 있는 한 계속해나간다. 그것이 이제야 보게 된, 그리고 지금으로 이어지는 우리 회사의 중심이다.

여섯

여자들이
유연하게
오래 일하는 방식

일하는 시간은

하루 중에서도 길고 인생에서도 길다.

오랜 기간 생각하고 지속가능성이 큰

일의 방식으로 변형해나가는,

혹은 막상 그때가 되면

그렇게 할 수 있는 상태로 해놓는 것은

매우 중요한 일이다.

입사하고서 몇 년 동안은 직접 일을 만들고 작은 성과를 쌓아나가는 것에 필사적이었지만, 주력 상품의 판매도 어느 정도 궤도에 오르고 직원도 조금씩 늘어가자 자그마한 회사임에도 회사다운 고민이 늘어났다.

직원을 어떻게 키워나가고 의욕을 돋우며 확실히 결과를 낼지, 내게 할지와 더불어 직장 분위기나 좋은 환경을 만드는 것에도 걱정이 되었다.

내가 사장이 되기까지의 9년간은 일이며 육아며 제일 바쁜 시기이기도 해서 여성이 일을 계속하는 어려움을 실감했었다.

여기서부터는 그런 일상의 업무 속에서 내가 특히 여성

으로서 느낀 것, 신경 쓰고 있는 것, 중요하게 여기고 있는 것을 몇 기지 소개해보겠다.

와카마쓰 씨가 사장이던 시절 일주일에 한 번 하는 회의에서는 그 이외의 누구도 이야기하지 않았다. 나는 조금은 이야기했다고 생각하지만, 그것도 맞장구를 치거나 뭔가 정보를 보태거나 하는 정도였을 뿐. 사장이 일방적으로 늘어놓는 말을 모두가 설교처럼 가만히 들으며 '빨리 끝나면 좋겠다'하고 무심히 생각하는 상태였다.

회의 종반에 "다른 질문이나 의견 없습니까?"하고 물어도 모두 멍하니 있는 모습에 상사는 "의견도 안 내는데 회의에 참석할 의미가 있나?"하고 불쾌해져서는 화를 내고, 그러면 모두는 더욱더 '빨리 안 끝나나'하고 생각하는 그런 악순환이 비교적 많은 회사의 회의에서 일어나고 있지는 않은지. 하지만 그런 회의는 몇 시간을 들여 봤자 좋은 성과가 안 난다. 직원의 의욕은 더욱 떨어져 의미 없을 뿐 아니라 역효과만 난다.

스무 해 남짓 일하는 인생에서 셀 수 없을 정도로 회의에 출석했지만, 비단 내가 다니고 있던 회사만이 아니라 남성이 중심인 회의에서는 본래의 목적보다도 '형식'과 '파워'가 중요시됐다고 생각한다.

'형식'을 중요시하는 회의는 의논보다도 '발표'에 중점이 놓여 자료 만들기에만 몇 시간, 때로는 며칠이나 허비하는 사람이 있고 자유롭게 발언할 수 있는 분위기가 전혀 없으며 순서나 의견을 말하기에 좋은 타이밍이 암묵적으로 정해져 있다.

파워포인트로 자료를 준비하고 프로젝터를 사용해 설명하는 정형적인 스타일이 아니면 말할 가치가 없다고 여겨지는 듯한 경우도 있었다. 최적의 해답을 구하기보다도 그 회의 자체가 '형식에 따랐는지', '정해진 절차를 밟았는지'를 문초 받는 그런 느낌이다.

'파워'의 회의란 직책이 높은 사람이 낮은 사람에게 공공연하게 으스댈 수 있는 장소, 위에서 아래로 압력을 가하는 장소, 그것이 결과적으로 회의가 돼버린 경우다.

최대한 좋은 성과를 잉고자 하면 참가사 선원이 지위와 관계없이 발언할 수 있어야만 하는데 그것이 실현되는 회사는 사실 매우 적다는 생각이 든다.

현재 우리 회사에서는 회의는 일주일에 한 번, 길어도 30~40분 정도에서 끝낸다. 모두 바쁠뿐더러 평소에 여러 가지로 이야기를 나누고 있기에 반드시 회의를 통해 말해야만 하는 경우는 적다. 평소 소통이 잘 이뤄지지 않는 나쁜 조직일수록 회의가 길다는 것은 틀림없다고 생각한다.

한 시간 회의하고 아무런 결론이 나지 않아도 회의를 하는 것만으로 '일을 하고 있다'는 의식이 들기 쉽다. 하지만 우리처럼 작은 회사에서는 그런 쓸데없는 시간을 줄이고 항상 내용 중심으로 하지 않으면 당장에 여러 가지 일이 정체돼버린다.

또한, 각자 사정에 맞추기 어려운 회의 시간은 워킹맘에게는 강적이다. 차라리 회의 주도를 여성으로 하여, 그것도 육아 등으로 바쁘고 일찍 귀가하고 싶은 직원을 중심으로 하는 방식을 다시 생각하는 것도 좋다고 생각한다.

‘그 건은 회의가 아니면 의논 못 할 주제인가요?’, ‘사전에 자료를 나누어 주고 회의에서는 질의응답으로 하죠’, ‘좀 더 현장의 생생한 소리를 들을 기회로 만들죠’ 등 형식이나 입장에 사로잡히지 않는, 정말로 의미 있는 시간이 새롭게 생겨날지도 모른다.

마지막으로 또 한 가지. 누군가가 의견을 말할 때 ‘그것 말이야, 수치로 된 자료를 갖추고 있나?’라고 말하기 이전에 우선은 차분히 그 의견을 마주 대하는 것도 중요하다고 생각한다.

논리적인 부분은 당연히 필요하지만 이제 막 일어나고 있는 상황은 수치로는 확인하기 힘들다. 언제나 시간적인 차이가 있게 마련이니까. 상사를 숫자나 자료로 이해시킬 수 있고 없고로 오케이 사인이 결정된다는 것은 쓸데없는 것에 노력을 허비하는 데다가 때로는 잘못된 판단으로까지 이어진다.

회의에는 그 회사의 컬러가 분명히 나타난다. 반대로 말하면 회의가 바뀌면 회사도 바뀐다. 정말로 회사의 중요한 대목이다.

일과 생활을
구분하지 않는다

최근 '워크라이프 밸런스'라는 말을 자주 듣는다. 본래는 '일과 생활의 조화'라는 의미로 생활 환경이나 상황의 변화에 따라 다양한 일의 방식과 생활방식을 선택하자는 것인데, 일본에서는 단순히 잔업 시간을 줄여 그만큼을 취미나 가족과의 시간에 할애하자는 의미로 사용되고 있다는 생각이 든다.

배경에는 '일은 9시부터 5시까지. 그 이후에는 개인적인 시간'이라는 식으로 확실히 구별하지 않으면 자신의 생활이나 인생이 위태로워져 재미없는 워커가 돼버리고 자신다운 풍요로운 인생을 보낼 수 없다는 생각이 있는 듯하다.

'아침 9시부터 저녁 5시까지 반드시 회사에 자리하고 반대로 퇴근하면 일은 일절 하지 않는다. 육아 기간에는 퇴근 시간을 앞당겨 오후 4시까지'와 같은 조치가 대부분 회사에서 이루어지고 있다고 생각하지만, 육아와 일을 동시에 하는 여성에게는 이것이 반드시 성과를 내기 쉬운 바람직한 일 방식은 아닌 것 같다.

상사의 속마음에는 시간에 제약이 있는 직원에게는 일을 맡기기 힘들다는 생각이 있다. 가령 밤늦게까지 시간이 걸리더라도 끝까지 완성했으면 하고, 말썽이 생겼을 때는 언제든 바로 대응해주기를 바란다. 그런 대처가 가능한 사람을 책임자로 두고 싶다고 생각하는 것도 현재 일반적으로 행해지고 있는 일의 방식에서는 당연하다면 당연하다.

예를 들어 일을 하다 보면 한 통의 메일을 써놓고 하루 정도 놔두어도 괜찮은 경우가 있지만 그 연락을 뒤로 미룬 탓에 문제가 커져 버리는 일도 많다. '집에 일은 가지고 오지 않는다'고 하면 단시간 근무로는 아무리 해도 어려운 점이 있을 수밖에 없다.

'밤에도 필요하면 기탄없이 연락해주세요, 메일 정도라면 보낼 수 있습니다. 하지만 낮에도 필요하다면 아이의 용무로 외출하게 해주세요'나 혹은 '아이의 보호자 모임이 있어서 오늘은 2시에 퇴근하겠습니다. 대신 집에서 내일 쓸 자료를 완성해 오겠습니다'라는 편이 일하기 편한 사람도 많이 있을 거로 생각한다.

아이를 병원에 데리고 가거나 학교 및 주민자치 행사에

참석하고 저녁 식사 준비를 하는 등 집에 되돌아가 불과 2, 3시간만 볼일을 끝내면 그 이후에는 밤까지 일할 수 있는데, 라고 생각하고 있는 사람도 분명 적지 않을 터.

　육아와 관계없는 사람도 때로는 아이디어를 찾으러 훌쩍 거리로 나가거나 반대로 온종일 집에 틀어박혀 집중하는 등 임기응변으로 일할 수 있다면 훨씬 스트레스가 적어 동시에 좋은 성과를 낼 수 있는 사람도 많지 않을까 생각한다.

　물론 어려운 직종도 있다. 다만 회사와 개인, 쌍방이 조금씩 융통성 있게 지혜를 마주하며 유연성을 가지고서 생각해나가면 지금보다 훨씬 다양한 일의 방식이나 시간 사용 방식이 가능하게 될 것이다.

　샐러리맨 사회 이전에는 그렇게 일하는 방식이 주류이지 않았을까. 농업도 그렇고 집에서 가게를 운영하는 사람에게는 '칼같이 여기서부터는 사생활'이라는 구분이 없다. 시간과 장소로 구별되는 것이 반드시 행복하지는 않은 경우도 있지 않을까 싶다.

　일하는 시간은 하루 중에서도 길고 인생에서도 길다. 오랜 기간 생각하고 지속가능성이 큰 일의 방식으로 변형해 나가는, 혹은 막상 그때가 되면 그렇게 할 수 있는 상태로 해놓는 것은 매우 중요한 일이다. 이는 육아뿐만 아니라 부모를 돌보고 있는 사람이나 자신이 어떤 병을 앓고 있는 사람 등, 모든 사람에게 이점이 있는 방식이다.

'일은 자신다운 삶을 방해하는 요소'라는 사고방식도 분명 한편으로는 존재하기에, 그렇다고 한다면 일을 삶에 간섭시키고 싶지 않다는 사고방식이 들게 된다.

하지만 '일은 인생 일부다. 일은 인생 그 자체다'라는 관점을 가지면 일과 삶을 구분하기보다 '포갠다.' 그러므로 어떻게 하면 깨끗하게 포갤 수 있을지 아름다운 조화를 이룰지를 생각해보면 좋겠다.

마음을 다독이고
독려하는 방법

아이를 잘 움직이게 하려고 "잘한다, 잘한다" 하면서 부추길 때와 아이가 어른은 그릴 수 없는 굉장한 그림을 그려 "천재 아냐?"라며 속으로 놀랄 때, 아이의 반응은 선혀 다르다는 것을 많은 엄마가 느낄 것으로 생각한다.

상사로서 직원을 키울 때도 칭찬 방법은 중요하다. 그리고 이 또한 아이를 대할 때와 마찬가지로 칭찬하면 이 사람은 더욱더 일을 잘해줄지도 모른다는 생각으로 칭찬해서는 안 되며, 정말로 잘했다는 생각이 들 때 "대단하다! 어떻게 이런 일을 해낸 거야?", "최고!"와 같이 순수하게 그 마음을 전하는 것이 의욕과 자신감으로 이어진다.

'대단하다'고 생각될지 어떨지는 상사의 문제이기도 하다. 예를 들어 무엇을 봐도 마음이 움직이지 않는 꽁꽁 얼어 있는 사람도 있으며 느껴도 그것을 표현하는 것이 서툰 부끄러움을 타는 사람도 있다. 일을 잘해주었을 때 자신이 그것에 감동할 수 있는, 말로 잘 표현할 수 있는 상태를 만들어두는 것이 특히 상사로 있는 사람에게는 중요하다고 생각하다.

한편 혼내는 일은 칭찬하는 것 이상으로 어렵다. 칭찬하지 못했다고 해서 큰 문제가 일어나는 건 아니지만 능숙하게 혼내거나 주의를 시키지 않으면 인간관계가 악화되거나 본인뿐만 아니라 회사에서도 큰 손실로 이어지는 경우가 있다. 나 또한 실패를 반복해왔다.

아이를 혼내는 것도 처음에는 정말로 어렵게 느껴졌다. 아이로서는 여러 가지가 놀이가 되기에 티슈를 상자에서 계속해서 끄집어내기도 하고 신발을 냅다 던져 친구들을 맞추기도 한다. 그런 상황 속에서 자기 자신이나 누군가에게 상처를 입힐 위험이 있는 것만큼은 반드시 그 자리에서 따끔하게 혼내야만 한다.

그러나 어린아이에게 정색하고 혼내기란 정말로 쉽지 않은 일이다. 그 사랑스러움에 아무리 혼내도 표정이 느슨해지기 쉽고, 스스로에도 '아직 이렇게나 어리니까 못 하는 게 당연하다'고 변명하며 "위험해~"와 같이 부드러운 말투로 말해서는 아이는 절대로 그만두지 않는다. 부모의 마음을 간파하고 있다. 한 번으로 고쳐지지 않으면 몇 번이고 매일 주의를 시킨다.

초조해하지 않되 포기하지 말고, 지나치게 감정적이지 않은 자세로(이게 어렵다!) 계속 말한다. 끈기와 자제가 필요한데 무엇을 혼내고 무엇을 혼내지 않을지, 어떻게 혼낼 시가 육아의 핵심이기도 하다. 시행착오를 겪으면서 조금씩 부모로서도 성장해왔는데 육아 경험은 업무에도 도움이 되는 것 같다.

예전의 나는 무조건 바로 앞에 대고서 직설적으로 전달했었다. 당신은 이 부분이 문제다, 못 고치면 이대로는 더는 회사를 계속 다닐 수 없다는 말까지 부하에게 서슴없이 말했다.

일이 느리고 실수가 잦고 의욕이 없다, 주위 사람과 조화를 못 이룬다, 고객에 대한 대응이 엉성하다와 같이 여러 가지 패턴이 있었다. 어느 것도 의외로 뿌리가 깊어, 자라온 가정환경이나 과거에 일했던 회사에서의 경험, 특히 첫 회사에서 익힌 것이 짙게 남아 있어 좀처럼 바꾸기가 어려운지 나의 직설적인 성격에 질려서인지 그만두는 직원도 있었다.

상사로서의 에너지도 꺾이는 듯한 경험 속에서 두 가지를 깨달았다. '무엇을 향해 혼낼 것인가'라는 것과 '타이밍'이 중요하다는 것.

첫 번째는 상대와 정면으로 마주할 게 아니라 일어나고 있는 문제에 대해 상대와 똑같은 방향에서 바라보며 이야기하는 것. '실수만 하고 있잖아, 뭐하는 거야, 똑바로 해!'라고 다그치는 말은 단순히 급소만 찌르고 있을 뿐이다. 그렇게 해서 해소된다면야 문제는 그 정도로 심각하지 않을 테다. 하지만 그런 식으로 해결되지 않을 때에는 차분히 제대로 문제를 마주하는 자세가 필요하다.

어째서 그런 일이 일어나는 걸까? 요즘 피곤해? 이렇게 일이 진행되지 않으면 회사도 곤란하지만, 당신 자신도 자기 일에 자신감을 잃어버리게 되잖아? 라고 진지하게 이야기를 나눈다.

당신의 문제는 내 문제이자 회사의 문제이기도 하다─이 포지션이 흔들리지 않으면 말투가 딱딱하고 다소 강해도 괜찮을 거로 생각한다.

또 한 가지인 '타이밍'은 예를 들어 정신없이 바쁠 때 실수를 지적해봤자 상대는 차분히 생각할 여유가 없을뿐더러 바쁘니까 어쩔 수 없잖아요? 하게 돼버린다. 그러면 다음날까지 기다렸다가 전달하거나 주위 사람이 없는 틈을

엿보아 전한다.

오히려 이대로 계속해나가다간 문제가 커지게 되는 경우라면 바로 말해주는 것이 좋으므로 그것은 경우에 따라 대처한다. 그리고 본인이 이미 깨닫고 우울해 하고 있을 때 재차 타격하지 않은 것도 하나의 포인트일지 모르겠다.

다소의 마찰이나 자신이 어떻게 여겨질지를 두려워한다면 혼내는 것은 불가능하다. 하지만 일을 중요하게 여기고 있다는 것, 함께 중요하게 여겼으면 한다고 생각하고 있다는 마음을 상대에게도 전한다면 머지않아 그 진심을 서로 알게 될 것이다.

아름답게 일을 한다는 건

예전에는 내가 아침에 사무실에 출근해 "좋은 아침입니다"하고 모두에게 인사를 하면 내 쪽을 쳐다보지 않고 컴퓨터 화면에 고정한 채로 "좋은 아침입니다…"라고 끝까지 알아들을 수 없는 느낌의 작은 목

소리로 대답하는 사람이 있었다. 인사를 제대로 하지 않는 사회인은 생각외로 많은 듯하다.

대부분의 일은 팀으로 함께 하므로 의사소통이 원활하지 않으면 일의 성과에도 영향을 미친다. 서로 아침부터 기분 좋게 시작할 방법이 없을까 하고 고민하던 때에, 어느 날 아이디어가 번뜩였다.

'좋은 아침입니다'에서 끝내는 게 아니라 '좋은 아침입니다. 오늘 하루도 잘 부탁합니다'라고 다음 말을 붙인 인사를 모두가 실천하면 어떨까.

처음에는 조금 부끄러운 느낌도 들었지만, 실내에 들어왔을 때 밝은 목소리로 "여러분 좋은 아침입니다. 오늘 하루도 잘 부탁합니다"하고 크게 말하자 모두 깜짝 놀라 내 쪽을 쳐다봤다. 그리고 모두가 한 박자 쉬고서 "아, 좋은 아침입니다. 잘 부탁드립니다"하고 대답해주는 그런 어색한 느낌으로 시작되었다.

"앞으로 서로 이렇게 인사해요"라며 계속해나가자 어느새 어쩐지 굉장히 분위기가 좋아져 아침부터 서로 '아름다운' 인사를 주고받으며 하루를 원활하게 시작할 수 있게 되었다. 정말로 사소한 거지만 그래도 그 사소한 것 하나로 회사 전체 분위기가 바뀌고 일이 효율 높게 진행되는 경우가 실은 많다고 생각한다.

이런 '발견'에는 창의성이 필요해서 특히 세세한 부분까지 알아차리는 여성이라면, 알아차리고자 하는 마음이 있다면 여러 가지로 발견할 수 있을 거란 생각이 든다.

최근에는 사무실에 아침 식사 코너를 준비하여 직원의 건강 관리를 후원하는 기업도 있다고 한다. 그 덕분에 아침형이 되는 사람도 늘어 야근이 줄었다는 이야기도 들린다. 회사 경비도 삭감할 수 있고 모두의 건강 상태도 좋아지는, 이런 단순하고 강한 아이디어가 좋은 것 같다.

많은 에너지나 시간이 필요하지 않고, 그런데도 파급효과가 있는 유효한 방법을 항상 찾아 나간다. 그렇게 조금씩 방식을 세련되게 바꾸어 나가다 보면 그 끝에는 '아름다운 일'이 있지 않을까.

한편 일을 '아름답지 않게' 해버리는 '작은 실수'가 있다. 비교적 많은 사람이 '인간이니까 실수하는 것은 어쩔 수 없다', '주의해도 해도 막을 수 없었다'라고 생각한다. 하지만 상품 개발이나 판촉, 판매 등의 다양한 일을 해오면서 든 생각은 헛디딘 작은 한걸음이나 실수가 생각지 못한 큰 손해로 이어지는 일이 있다는 것이다. 특히 작은 회사에서는 치명상이 되는 경우도 있다.

나 또한 예전에 팸플릿을 인쇄할 때 인쇄소의 실수를 알아차리지 못해 디자인이 어긋나 중요한 정보를 거의 알아볼 수 없는 팸플릿을 만들어버린 일이 있었다. 이미 몇만 부나 인쇄를 해버린 상황이라, 왜 더 자세히 확인하지 않았을까 하고 우울해 했다. 다행히 배포 전에 알아차려서 인쇄소와 타협하여 소액을 추가하는 정도에서 다시 인쇄할 수 있었지만, 만약 그대로 배포되었더라면 회수 문제 등 훨씬 성가신 일이 되었을 것이다.

그리고 비용 이상으로 문제인 것은 업무가 늘어난다는 것이다. 그것도 생산성 있는 발전적인 일이 아니라 수정하고 고객에 대한 사죄와 배상청구에 대응하고, 거래처로의 사과 연락 등 마음이 무거운 일들뿐. 실수한 본인의 체면만 잃는 게 아니라 다른 사람도 휘말려 모두에게 좋지 않은 영향을 미치게 된다.

그런 경험을 많이 쌓은 나는 꽤 시끄러운 상사가 되었다. 숫자 하나, 괘선 하나만 빗나가 있어도 시석하고 수정을 요구한다. 가능한 실수를 하지 않도록 몇 번이고 이야기한다. 주의시킬 때는 "여러분에게 쓸데없는 일은 시키고 싶지 않으니까"라는 말도 자주 한다. 대부분의 일을 두 사람이 중복 점검한다. 이런 철저한 시스템을 2, 3년 계속해나가는 사이에 겨우 회사 구성원 전체의 의식이 올라온 것 같은 느낌이 든다.

여러 가지 일이 있어야 할 형태로 되어 있고 원활하게 실수 없이, 그리고 헛되지 않게 아무런 문제 없이 진행되어가는 것. 그것이 '아름다운 일'이다.

섬세하게 직원 모두가 어떤 작품을 완성해나간다는 감각으로 일을 해나가기를, 나 스스로도, 회사로서도 지향해나가고 싶다.

일과 삶, 구분하기보다 포갠다

여자들이 유연하게 오래 일하는 방식

일의 흐름을 어디까지 구체적으로 상상할 수 있을까. 이는 실수를 없앤다는 부분으로도 이어지는데, 내가 실천하고 있는 것 중 한 가지가 일을 가능한 구체적으로 '마음속으로 시각화'하는 것이다.

사람은 여러 가지 일을 진행할 때 구체적으로 생각하고 있는 것 같아도 뜻밖에 생각하지 않는다. 어떻게든 할 수 있다, 대강 하고 있으니까 괜찮다는 느낌으로 시작해버리는데, 그러면 사소한 것으로 잘 풀리지 않는 경우가 많다.

예를 들면 얼마 전 와카마쓰 씨의 강연회가 있어 도와주러 갔었는데 마이크만 있고 스탠드가 놓여 있지 않은 일이 있었다. 그대로 강연을 시작했는데 그는 자료를 손에 들고서 강연하기 때문에 스탠드가 없어 매우 불편해했다. 사소한 것 같지만 일단 미리 세세하고 사실적으로 생각해봄으로써 여러 가지 실수나 예측할 수 없는 사태에도 사전에 준비할 수 있다.

지금 든 사례로 이야기해보자. 강연자가 문을 여는 것에서부터 상상을 시작한다. 자, 실내로 들어와서 이곳까지 걸어와 강단이 있는 곳에 멈춰 선다. 강단에는 그날의 강연 요약 프린트와 물이 든 페트병과 컵, 그리고 녹음기와 마이크가 갖추어져 있다. 그때 마이크 스위치는 켜져 있나? 녹음기 스위치는 어느 타이밍에 누가 켜지? 그런 다음 강연자는 인사를 하고 자료를 손에 든다. 마이크는 다른 한 손에 들고 있다. 어라? 마이크와 자료 때문에 양손이 가득 차 있어 페이지를 넘길 수 없다. 마이크 스탠드가 필요했었군….

이처럼 아주 세세하게 머릿속으로 그려나간다. 관객의 움직임을 시각화하여 어떻게 유도하고 무엇을 준비해둘지도 생각해놓을 수 있겠다.

처음에는 어렵게 느껴져도 몇 번을 반복하다 보면 복장이나 표정까지 더욱 분명하게 상상할 수 있게 된다. 실제 상황에서는 물론 상상한 대로는 되지 않지만, 그 상상 세계에 들어감으로써 의외의 맹점을 발견하게 되기도 한다.

'세부 사항까지 구체적으로 생각하는 것'은 아이디어를 낼 때도 효과적이다. 분명하지 않은 아이디어는 언뜻 보기에 좋은 것 같아도 조금 구체화해 보면 굉장히 힘들거나 그림의 떡인 경우도 있다. 80퍼센트 정도의 이미지 체크로는 그 아이디어 실현에 어떤 어려움과 과제나 함정이 있을지, 시간이나 인적 자원은 어느 정도 필요할지 등이 불확실한 채로 시작해버리게 된다.

　감각적으로 95퍼센트 정도까지 자세히 시각화하지 않으면 내 경우에는 안심하지 못한다. 직원이나 외부 담당자에게도 '이 부분은 어떻게 됩니까?' '준비해둬야 할 것은 이것뿐인가요?', '이것은 누가 어떤 타이밍에 합니까?'라고 마구 질문해대는 일도 있기에 아마 어쩌면 상대는 시끄럽다고 여기고 있을지도 모르겠다. 하지만 대충대충 적당인 상사의 '그 정도는 당일에 어떻게든 될 거야'나 '괜찮아, 저쪽에서 하고 있어'라는 애매한 대답을 믿다가 호되게 당한 일은 수없이 많다. 덕분에 확인병이라는 시각화 능력은 확실히 익힌 기분이 든다.

　여담이지만 "알았어, 알았어", "괜찮아, 괜찮아"라고 남성이 반복해서 말할 때는 무조건 모르고 아무것도 생각하고 있지 않을 때이니, 이 말을 결코 그대로 믿지 말기를. 내

여자, 오늘도 일하다

경우 이 말을 믿었다가 회사가 위험해졌다.

성격적으로 엄마에게서 유전된 걱정병임을 부정하지는 않지만, 그것이 뜻밖에 일에서는 도움이 되고 있다고 생각한다. 익숙해질 때까지는 지치지만 그렇게까지 해도 생각지 못한 여러 가지 문제가 일어나는 것이 생생한 업무 현장이므로 앞으로도 이 능력을 갈고닦아야겠다고 생각하고 있다.

고민을 푸는
말을 찾아내다

생각하는 것과 고민하는 것에는 차이가 있다. 고민이라는 것은 뭔가 석연치 않은 불쾌한 감정이 수반되고 그 문제의 본질이 어디에 있는지, 어느 실을 당겨야 그 뭉치가 풀려나갈지, 알 것 같으면서도 알 수 없어 기분이 우울하며 똑같은 곳으로 돌아가는…. 그런 것으로 생각한다.

원래 나도 늘 고민하는 인간이었고 지금도 그런 사이클

속으로 들어갈 것 같은 일도 종종 있다. 일에서 오는 문제만이 아니라 육아 문제나 가족 문제, 내 건강 문제 혹은 직장이나 육아를 통한 인간관계 등, 다양한 부분에서 고민해왔다.

고민하는 것은 결코 나쁜 게 아니며 인생을 더욱 깊게 살아갈 수 있는 배움을 포함한 엄청난 경험이기도 하다. 다만 그것이 오래 지속되면 에너지가 크게 소모되거나 마음이 감기를 악화시켜 버리기도 한다.

또한, 업무 현장에서는 입장에 따라 어떤 책임을 수반한 판단과 구체적인 지시가 요구되기에 계속 고민만 하며 멈춰 서면 "도대체 어떻게 합니까?"하고 부하나 함께 일을 하는 사람들을 곤란하게 만들어버린다. 회사나 직장이라는 것은 함께 '생각해나가는 곳'이므로 고민하는 것을 생각하는 것으로 전환하는 편이 좋다.

일하는 여성을 예로 들면 '일과 육아로 녹초가 된 상태. 양립은 무리일지도 모른다. 먼저 퇴근하는 것도 면목 없고, 하지만 아이와의 시간도 가져야 하는데. 이 일을 계속하고 싶지만, 앞으로 해나갈 수 있을까…'하고 혼자 고민하고 있는 사람도 적지 않다고 생각한다. 그것을 그저 고민만 하고 있으면 괴롭기만 할 뿐 해결의 길은 열리지 않아 그 결과, 도중에 회사를 그만둬버리는 일도 있다.

'고민하는 것에서 생각하는 것'으로의 전환은 뒤엉킨 털실 뭉치를 풀어나가듯이 성실히 대답해나가는 작업을 반복하면 쉽게 잘 풀려나갈 거로 생각한다.

'양립이 어려운 것은 시간의 제약? 아니면 체력적인 문제?', '몇 시까지 퇴근하면 계속할 수 있을까?', '이것을 누구에게 의논해야 좋을까?', '지금 당장에는 무리여도 내년부터는 제도를 바꿔줄지도 몰라', '그때까지는 남편과 친정엄마의 도움을 받으면 어떻게든 되려나?', '급여는 다소 줄더라도 문제없겠지?', '승진과 관계되려나? 하지만 그건 한동안은 어쩔 수 없어', '우선순위는?', '아이와의 시간 확보가 지금은 가장 중요해', '집에서 할 수 있는 일은 있으려나?', '그렇다면 반나절은 재택근무로 돌리는 방법도 있고, 업무 정리를 해서 부장에게 의논해볼까?'.

자신과의 대화를 계속하다 보면 고민이 분해되어 각각의 과제가 된다. 때로는 스스로가 깨닫지 못한 것에 사로

잡히기도 하고 그것이 문제의 본질이었음이 보이게 되는 경우도 있다. 어찌 됐건 뿌연 덩어리에서 구체적인 과제로 나누어짐으로써 자신도 모르는 사이에 기분도 안정되고 고민의 고리로부터 해방되었음을 깨닫는다는 것이 내 경험이다.

무언가 '해답'은 있다는 안도감이 생겨나 주는 것만으로도 큰 진보다. 그리고 신기하게도 고민이 과제로 전환되면 자신 혼자만의 고민에서 주위 사람을 둘러싼 공통 과제로 변해간다. 그런 경험을 일을 통해 몇 번인가 겪어왔다.

'생각할 때'의 도구는 '말'이다. 책을 읽는 것도 좋고 일상 속에서 들려오는 신경 쓰이는 말을 가슴에 담아두었다가 직접 사용해보는 것도 좋다고 생각한다.

자신의 그때그때의 마음을 표현하는데 딱 들어맞는 말을 찾게 되면 그 고민 자체가 해결되지 않아도 마음이 풀려간다. '아아, 지금 나는 감정을 표출하지 않아 울적한 마음이 쌓여 있구나', '정말로 나와 안 맞는 사람과 함께 있어 마음이 지쳐버린 것 같아. 잠시 마음을 쉬게 하자'와 같이 말이다. 만약 고민에서 벗어나지 못해 괴로워하는 사람이

166

여자, 오늘도 일하다

있다면 자신의 감정이나 일어나고 있는 일을 똑바로 직시하며 그것을 말로 표현해보면 좋겠다.

일이 어디로
가고 있는지 보이는가

지금의 회사에서 3, 4년이 지나고서부터 프리랜서로 일을 맡아서 하는 사람들과 함께 하나의 업무에 몰두하는 일도 늘어났다. 한 프로젝트로 지금까지 없었던 캠페인을 해보자는 의견이 모였다.

전까지만 해도 내가 직접 사내에서 초짜 티가 넘치는 전단을 만들고 상품 사진도 직접 찍어 사이트에 올리는 등, 지금 생각하면 지나치게 마음을 담은 아주 긴 문장의 웹진을 혼자서 쓰고는 했었는데 그 많은 것들을 외부의 프로에게 의뢰하기로 한 것이다.

디자이너, 사진작가, 카피라이터, 홈페이지 제작 회사 등 각 분야의 프로가 저마다의 일을 하는 상황 속에서 딱 한 사람, 회의 때마다 조금 위화감 있는 발언을 반복하는 사진작가가 있었다.

'나는 이렇게나 바쁜 사람이다'라는 것을 시종 호소하거나 의견을 요구해도 "나는 그 분야 전문가가 아니니까"라는 냉담한 대답을 하는 등. 찍은 사진에 조건을 달면 갑자기 기분이 상해 결국에는 기어코 "그것을 할 의미가 있나요?"라고 말하는 경우다. 마치 방관자 같은 발언으로 만약 실패한다면 "거봐요, 내가 말했죠?"라고 말할 것 같은 느낌이었다. '일'은 어디로 가버린 건가? 하는 생각이 들었다.

그 무렵 우리로서는 들일 수 있는 예산이 너무 적어 싸게 맡아줄 회사나 누군가 지인의 소개로만 일을 의뢰할 수밖에 없었다. 그런 문제도 있고, 우리가 실현하고 싶은 것과 직원의 의식 간에 차이가 컸던 것 같다.

그리고 또 한 번은 우리와는 어울리지 않는 높은 레벨(비용도 비싸!)의 디자이너에게 상품 라벨 제작을 의뢰했던 일도 있었는데, 전과 같은 일에 넌더리가 나 있었던 터라 쓸데없는 곳에 돈을 사용하기보다는 조금 무리를 하더라도 좋은 것을 만들어야겠다고 생각했다. 완성된 디자인은 언뜻 보기에 정말로 참신하고 매력적이었다. 다만 우리가 판매하는 상품의 이미지와는 매치가 안 되었다.

몇 번이나 의논하며 전달하려 노력했지만 결국 서로 양보하지 못하고 디자이너가 추천한 것으로 타협하고 말았다. 나중에서야 알게 된 사실은 그 사람에게는 그 디자인 자체가 아름다운지, 세상에 어떻게 평가받을지, 유명한 디자인 잡지에 소개될지가 의미 있는 일이었다는 것이다.

여러 사람이 참가하여 팀으로 일할 경우에 가장 중요한 것, 그것은 '일이 한창' 중에 있음을 의식하는 것이라 생각한다. 사내에서도 회의에서 의논할 때에 서로 의견이 잘 안 맞는다든가 좋은 것을 완성하는 느낌이 들지 않을 때에는 종종 '일이 한창' 중이지 않을 때가 있다.

어느 정도 직원 수가 있는 회사에서는 영업부, 상품개발부, 마케팅부 등으로 나누어져 있어 부서마다 일의 진척이나 검토 사항에 대해 서로 발표하는 관례적인 회의를 할 것이다.

그럴 때 '영업부로서는 그런 팔기 힘든 상품은 곤란합니다. 가격 설정도 높고', '상품개발부 처지에서는 비용보다도 철저하게 품질을 고집한 상품을 만들고 싶습니다', '마케팅

입장에서는 신상품 PR 예산이 넉넉하지 않으므로 지나치게 화려한 광고는 낼 수 없습니다'와 같이 완전히 팔이 안쪽으로 굽는 발언을 시종일관하는 경우가 의외로 많지 않을까 싶다. 이와 비슷한 일은 부서의 여부나 회사의 규모와 관계없이 일어나기 쉽다.

여기에 모자란 것은 '일이 한창' 중이라는 의식이다. 그곳을 향해 모두가 발언하고 생각한다는 사고의 방향성이라고도 말할 수 있겠다. 이는 단순히 매상을 올리거나 신제품을 내는 그런 일이 아니라, 그 일은 어떤 의미를 지니고 있고 본질은 무엇이며 무엇을 지향하고 있는지다.

모두가 둘러앉아 있는 회의실 테이블 위에 일의 본질이 제대로 올라와 있고 그것을 참가자 전원이 공유하고 있는 것. 그것이 프로젝트나 회의가 잘 진행되기 위한 철칙이라 생각한다.

일곱

여자,
사장이 되다

여러 가지 일이 있어야 할

형태로 되어 있고 원활하게 실수 없이,

그리고 헛되지 않게 아무런 문제 없이

진행되어가는 것, 그것이 '아름다운 일'이다.

　　　　　　　"내가 회사를 시작하고서 내린 가장
좋은 결단은 오타키 씨를 사장으로 결정한 겁니다."

　전 사장인 와카마쓰 씨는 여기저기에서 서슴없이 그렇
게 말했다. 뭐, 고마운 일이기는 하지만, 창업한 본인 입장
은 어떤가? 조금 무책임하지 않나? 피곤해서 몸 상태가 좋
지 않을 때는 그런 생각을 할 때도 있고 본인에게 직접 불
만을 늘어놓기도 한다.

　얼마 전 5, 6년 전에 촬영한 한 사진을 둘러싸고 둘이서
이야기를 하고 있던 때, "사실은 그 사진을 촬영했을 때부

터 이 회사는 이미 오타키 씨의 회사였어요"라는 말을 듣고 그리운 딩시를 떠올렸다.

그때까지 상품 포장재나 이미지 사진 등은 회사 회의실에 값싼 촬영 세트를 두고 내가 직접 디지털카메라로 촬영하거나 지인 사진작가에게 싼값에 부탁하고는 했었다. 어떻게든 사용할 수 있는 레벨은 되었지만 그런 사진에 나는 늘 불만을 느끼고 있었다. '이 상품의 좋은 점이 좀 더 표현되도록 찍고 싶은데. 이대로는 상품이 가엾잖아.'

어느 날 그 생각을 와카마쓰 씨에게 털어놓았다. 나의 강한 어조에 눌렸는지 "그러면 충분히 돈을 들여 일류 프로에게 의뢰해봐요"라는 상황이 되었다. 매상도 여전히 갈 길이 먼 시기에 150만 엔 이상의 대금을 들여 촬영하려고 한 것이다.

훌륭한 스튜디오에 여러 명의 프로와 구도며 소품부터 조명에 이르기까지, 모든 게 완벽하게 세팅되어 있었고 모델도 벌써 도착해 있었다. 몇 번이고 정성스레 세팅이나 빛의 반사 방향 등을 세심하게 조정해가면서 여러 번 찍은 끝에 최후의 사진을 모니터 화면으로 확인한 순간 나도 모

여자, 오늘도 일하다

르게 눈물이 흘러나왔다. 넋을 잃고 한참을 정신없이 보고 있는 내 모습을 본 와카마쓰 씨는 "나에게는 그만큼의 애착은 없었더라고요"하고 진지하게 이야기해주었다.

그렇다고 하더라도 언제 사장을 교체하려는 현실적인 결단을 했는지는 본인도 명확하게는 생각하지 못하는 듯하다. 다만 계기로써는 자신의 집필 활동이 바빠졌다는 것과 더욱이 일본 대지진의 영향이 컸던 것 같다. 어느 날 갑자기 자신이 일할 수 없게 되어도 상품은 계속해서 전달해야만 한다. 회사의 모든 것을 알고 있는 사람이 자신 말고도 한 명 더 있어야 한다고 생각했단다.

그런 말을 들어도 나는 '사장이 되고 싶다'라든지 사장이라 불려서 기쁜 마음은 조금도 없었고(실제로 회사에서는 '사장'이 아닌 '준코 씨'라 불리고 있다), 아예 상상조차 하지 않았기에 어떻게 거절할 방법이 없을까 하고 생각했었다. 그러나 "아무리 생각해봐도"라면서 반복해서 요청하는 바람에 결국에는 단념하고, "가능한 것밖에 못 해요"라고 전하며 받아들이기로 했다. 회사를 시작한 지 10년째의 일이었다.

사장이 되고 1년이 지나 완전히 익숙
해지지는 않았지만 어떻게든 해나갈 수 있겠다고 생각하
고 있던 시절 그 사건은 일어났다.

바로 '상품 회수'다. 자동차 대기업의 리콜 뉴스를 자주
접하는데 그 일이 우리에게도 일어날 줄은 꿈에도 생각하
지 못했다. 다행히 이물질 혼입이나 건강 피해로 이어지는
것은 아니었지만, 법률 개정을 놓치고 있던 탓에 건강보조
식품으로 사용이 인정되었던 '아쉬와간다'라는 인도 허브
가 의약품 구분으로 이동되었음을 점검하지 못했다. 개정
고지로부터 1년 이상, 시행으로부터 4개월 가까이가 지나
서야 알아챘다는 정말이지 멍청한 이야기다.

실은 사장이 되어달라는 요청을 받았을 때 내가 "법률
에 위반되는 사항은 없는지, 모두 재확인해 줄 수 있나
요?"라고 와카마쓰 씨에게 부탁했었다. 수입이나 법률에
관해서는 사장인 와카마쓰 씨가 줄곧 해오고 있었기에 최
종 확인도 그에게 맡겼었다. 그런데 구분 변경의 통지 문서

에는 그 인도 허브가 무슨 일인지 들은 적도 없는 듯한 다른 이름으로 표기되어 있었던 탓에 보지 못하고 지나쳐 넘겨버린 것이다. 세계에서 오랫동안 사용되어 온 안전한 허브라는 인식이었기 때문에 생각지도 못한 일이었다.

잊히지도 않는 2013년 황금연휴 직전, 때마침 열었던 사이트에서 그것을 발견한 와카마쓰 씨는 당황한 모습으로 나를 내선으로 불러냈다. "오타키 씨, 이게 무슨 일이에요?" 처음에는 가벼운 느낌으로 이야기를 했었는데 다른 사이트에서도 확인하니 중대한 실수를 저질렀음이 판명된 것이다. "말도 안 돼…" 나는 힘없이 중얼거리며 바로 직원들을 불러 모아 일의 경위를 설명하였다.

그 후 바로 상품 판매를 정지하고 도매상에 있는 재고를 모두 거뒀으며 고객에게도 '반품·환급 요청에 모두 응하겠습니다'라는 안내를 시작했다. 도청에도 불려가 꾸중을 들었다(라고는 해도, 담당자도 처음에는 무슨 일인지 잘 모르는 모습이어서 역시 생물학에서 학명 이외에 습관적으로 쓰이고 있는 별명은 알기 힘들었겠구나 생각한다).

이것은 지금도 정말로 감사하게 생각하고 있는 것인데

고객으로부터의 반품은 거의 없었다, 오히려 받았던 불만은 '왜 안 파느냐?', '법률 위반이어도 딱히 상관없으니 판매해 달라'는 것이었다. 발매한 지 8년, 그 상품이 많은 사람에게 사랑받고 있음을 새삼 느꼈다. 그만큼 창고에 있던 재고 및 회수 분량 모두를 폐기할 수밖에 없었던 것은 정말로 괴로운 일이었다.

매상으로 말하자면 25퍼센트 가까이 점유하고 있던 주력 상품 중 하나였기에 매상 하락은 물론이고 고객의 신용도 잃기 시작했다. 더욱이 매입했을 때 지급했던 상품 대금, 수송비, 관세, 폐기 처리 비용 등 당사로서는 막대하다고도 불릴 정도의 손실금이 생겨 엎친 데 덮친 격의 상태였다.

게다가 때가 안 좋게도 그다음 달에는 이사도 예정되어 있었다. 매상도 좋아졌고 사람 수도 늘어 조금 비좁다는 이유로 반 정도 더 넓은, 같은 빌딩 내의 다른 사무실로 이전하려던 참이었다. 당연히 임대료도 비싸다. 플로어디자인회사에도 의뢰해 이미 책상이며 선반 종류도 새로 주문하고 이전보다 훨씬 사용하기 쉽고 쾌적한 사무실을 막 준비해놓은 때였다.

　와카마쓰 씨는 "이사 어떻게 해요? 그만둬도 돼요"라고 말했지만, 이사는 예정대로 진행하고자 마음먹었다. 이럴 때일수록 기분을 긍정적으로 해나가야 한다, 아니 할 수밖에 없다고 생각했기 때문이다. 취소했을 때의 낙담할 모두의 모습을 보고 싶지 않았다. 정확히 한 달 전에 입사한 직원도 있어서 이런 첫 시작을 하게 만든 것에 미안한 마음도 있었다.

　"해보고 도저히 안 될 것 같으면 훨씬 작은 곳으로 이사해요. 라면 가게 위로 되돌아가도 되고요." 와카마쓰 씨에게 말했다. 이걸로 회사가 힘들어진다면 약간의 임대료를 절약해봤자 소용없을 거로 생각했다. 다소 자포자기의 심정이었던 부분도 있었을지 모른다.

　다만 이사한 덕분에 넓은 회의실을 얻었고 결과적으로는 뒤에 기술할 다른 업무의 시작으로도 이어진 것을 생각하면 최악의 상황 속에서 좋은 판단이었다고 생각한다.

시간을 기다리지 않으면

안 되는 일도 많다

여자, 오늘도 일하다

'이대로 망하고 마는 걸까… 내가 사장일 때에.' 그런 생각을 하면 밤에도 잠을 이루지 못했다.

거래처나 고객에게도 사죄하는 일상이 계속되고 더군다나 아무런 잘못도 없는 직원들에게까지 전화하게 만들 수밖에 없는 일이 괴로웠고 또한 모두를 계속 고용할 수 있을지를 생각하면 자신이 없었다.

입사 이후 이 정도로 심각한 사태가 일어난 적은 없었다. 비록 매상이 생각보다 오르지 않아도 재고 관리가 제대로 잘 안 되어도, 그런 것들은 시간이 해결해주기도 했고 모두가 힘을 맞대어 충분히 극복해나갈 수 있었던 일이었다. 하지만 이번에는 분명히 그것과는 달랐다.

그러나 다행스럽게도 나는 혼자가 아니었다. 함께 앞날을 생각하며 어떻게든 책임을 다하려 직접 그 구멍을 메우고자 필사적으로 걱정해주고 있는 와카마쓰 씨가 항상 가까이에 있었다. "정신 차리고 똑바로 해요"라고 입으로는 탓하면서도 그 성실한 태도에는 감동하였다. 물론 마음속으로는 저마다 불안을 안고 있었으리라 생각하지만, 모두가 함께할 수 있는 한 밝은 모습으로 서로를 위로하며 웃었다.

어떻게든 주력 상품의 일부를 잃은 매상의 구멍을 조금이라도 채워나가고자 다른 상품의 캠페인을 필사적으로 계속해나갔다. 동시에 매주 회의 때마다 전원이 경비 삭감안을 발표하기로 했다.

어떤 의미로 그때까지는 여러 가지 일이 주먹구구식이라 작은 경비에까지 눈을 돌리지 못했는데 이 기회에 재검토해보니 절약할 수 있는 것이 잇따라 판명되었다. 예를 들면 그동안 회의 때마다 전원 분량의 자료를 출력하여 배포하던 것을 프로젝터에 자료나 데이터를 투사하는 것으로 대체했다. 고객에 대한 캠페인이나 신상품 안내도 이전에는 전단을 봉투에 넣어 비용을 들이던 부분을 전부 엽서로 바꾸었다. 보낼 사람 수가 많으면 그 차액도 무시할 수 없으므로. 그것이 오히려 주효해서 '작은 공간에 정보가 정리되어 있어 이전보다 이해하기 쉽다'는 의견을 받은 적도 있다.

게다가 사내에서 할 수 있는 일은 사내로 되돌렸다. 그 덕분에 대부분 직원이 직접 디자인 소프트웨어를 사용해 캠페인 엽서까지 디자인할 수 있게 되어 이 시기에 모두의 기술력이 현격히 올라갔다고 생각한다. 노력의 보람이 있고 경비도 20퍼센트 이상 삭감할 수 있었다. 한편 매상도 어찌어찌 형태가 될 정도로는 회복되었다.

미국과도 몇 번이나 전화 회의를 통해 이쪽의 상황을 설명하고 협력을 요청했다. 구체적으로는 우선은 한 회의 발주량을 줄이기로 했다. 대형기기로 만들기 때문에 적은 양이라도 유지비는 똑같이 드는데 가능한 가격을 올리지 말아 달라 부탁하고 더욱이 줄인 발주 횟수를 2회로 나누어 수입하게끔 타협했다.

한 번에 4만 개, 5만 개를 수입하던 적도 있었지만 모든 상품을 다 판매할 때까지를 생각하면 일본에서의 창고 비용이 제법 든다. 또한 만에 하나 어떤 사정으로 판매할 수 없는 사태가 일어날 경우를 가정해 봐도 한 번에 제조하는 개수며 수입하는 개수도 적으면 적을수록 위험을 줄일 수 있다.

여태 그와 같은 일을 희망했던 적이 없었는데 오랜 시간 키워온 강력한 신뢰가 있는 덕분에 상대편도 할 수 있는 한의 일을 해준 것으로 생각한다.

아슬아슬한 상황까지 몰려 자잘한 부분의 교섭에도 필사적으로 도전하며 아이디어가 떠오르는 한 판촉 활동과 경비 삭감을 가능한 재빠르게 실행으로 옮겨나가는 상황 속에서 직원도 나 자신도 성장했으며 무엇보다 회사 자체가 이전보다 훨씬 강해졌다는 것을 지금은 실감하고 있다.

대실패에서 탄생한
새로운 길

법률 개정을 간과해서 겪었던 큰 사건은 설령 와카마쓰 씨가 아니어도 발견하는 것은 어려웠으리라 생각한다. 그러니 이미 일어나버린 것은 어쩔 수 없다, 앞으로는 나도 정신 똑바로 차리고 확인해야겠다고 다짐하며 서서히 마음도 안정을 되찾아갔다. 다만 줄어든 매상을 채울 수 있는 다른 아이디어를 생각해낼 필요에는 쫓기고 있었다.

　다른 브랜드 상품을 매입하여 판매하거나 자체 상품을 개발했으나, 그렇게 간단하게 팔리는 것이 아니어서 오히려 재고가 늘어나고 말았다. 새로운 일을 할 수 있을 만한 사람을 채용할 예산도 없었다. 비용을 들이지 않고 지금 있는 사람들만으로 실현할 수 있는 일이 무엇일까….

　거기서 든 생각이 '읽고 쓰기'라는 성인 문장교실이었다. 문장교실이라 해도 일반적으로 생각되는 소논문의 글쓰기 방법을 지도하거나 본보기를 따라 하며 배우는 것과는 완전히 다르다. 이해하기 쉬운 설명이 좀처럼 떠오르지 않지만, 그 사람의 마음속 깊은 곳에 잠재되어 있으나 말로 할 수 없는 마음을 말로 표현해나가는, 그런 행위를 촉구하는 강좌라고 말할 수 있으려나. 직접 참가해보지 않으면 실감이 어려울지도 모르겠다.

　예전부터 와카마쓰 씨를 강사로 하여 학교 같은 것을 운영해보면 어떨까? 하고 제안을 해왔었다. 당시 이미 그는 문예비평 집필을 중심으로 창작 활동을 시작해 핵심 팬도 보유하고 있었다. 다만 실제로는 어떤 식으로 시작해야 좋을지, 장소와 커리큘럼 및 텍스트는 어떻게 할지 등 현실적인 대안을 생각하지 못해 미루고 있었다.

그런데 '지금이야말로 그것을 실현할 때다'고 나는 생각했다. 와카마쓰 씨는 자신이 할 수 있는 것은 뭐든 협력하겠다며 약속해주었다.

이왕 하는 거 확실하게 매상으로도 이어졌으면 좋겠다. 많은 매상을 바란다면 당연히 대규모로 진행하는 것이 좋을 테지. 10명보다는 30명, 혹은 100명이 할 방법이 없을까? 하고 일단은 생각을 해봤다.

다만 한편으로 오는 수강생들은 분명 모두 와카마쓰 씨와 가까이서 직접 이야기를 나누고 싶어 할 것이라는 생각도 들었다. 문장 지도도 개별로 해주길 바랄 터. 와카마쓰 씨는 개개인의 문장의 좋은 점을 찾아내는 일이 정말로 뛰어나서 그 부분이 다른 사람에게는 없는 그만의 재능이라 이전부터 생각하고 있었다.

단순히 인원 수를 추구한다고 해도 참가한 사람들이 만족감을 얻지 못하면 지속할 수 없다. 그렇다면 적은 인원으로 하자, 그만큼 다른 데서는 체험할 수 없는 특별한 강

여자, 오늘도 일하다

좌를 만들자는 것으로 의견이 모였다.

경비도 시간도 최소한의 준비로 할 방법을 이것저것 생각한 결과, 장소는 회사 회의룸을 사용하고 텍스트는 기존의 '책'을 활용하기로 했다. 이렇게나 세상에 대단한 책이 넘쳐나는데 구태여 처음부터 텍스트를 만들 필요가 없다는 꽤 단순한 안에 정착한 것이다.

처음에는 8명으로 구성된 한 반으로 시작한 강좌였지만 약 2년이 흐른 지금, 판매 결손분을 메울 정도의 수익은 나오고 있지 않지만, 직원 5명분의 급여에 상당할 정도의 사업은 되었다.

동시에 와카마쓰 씨가 쓴 책도 잇따라 출판되어 현재는 10권에 이르고 있다. 외부로부터 의뢰받은 강연회나 문화 교실 강좌 등에도 열정적으로 활동하고 있으며 더욱이 대형 신문사의 서평 위원을 맡아 에세이 연재도 시작했다. 또한, 전통 있는 문예지 편집장도 맡고 있다. 이렇게 바쁘게 활동하기 이전에는 모교 대학 교단에도 섰었다.

보이지 않는 힘에 이끌리듯 와카마쓰 씨는 와카마쓰 씨 자신의 길을 걸어나갔다. 신기하게도 일의 처음을 거슬러 올라가 보면 그 대실패에서 비롯되었다. 인생이란 무엇이 주효한 시 알 수 없는 것이라 절실히 생각한다.

재능이 빛나는
자리를 만들다

사장이 되었을 때 와카마쓰 씨로부터 "오타키 씨 마음대로 해도 되니까"라는 말을 들었지만, 그때까지 사장인 와카마쓰 씨가 희망하는 일을 그저 실현하는 것이 내가 할 일이라 생각해온 나로서는 '이런 일이 하고 싶다'는 것이 딱히 없었다. 그런 의미에서 보면 자신의 의지, 강한 희망이라는 것은 지금도 없을지도 모르겠다.

오히려 사장이 되고서 더욱 강하게 든 생각은 좋아하는 것이나 하고 싶은 것이 일의 중심에 없어도 일 속에서 발견이 가능하다는 것.

예를 들어 '읽고 쓰기' 강좌도 나는 문학을 좋아하지 않으며 어쩌다 보니 이번에 이렇게 책까지 쓰게 되었지만, 원래 글 쓰는 걸 좋아했던 것도 아니다. 독서는 말할 것도 없고. 큰 소리로는 말할 수 없지만, 와카마쓰 씨의 책도 읽은 건 한 권뿐으로 신문 에세이도 서평도 읽지 않는다. '읽고 쓰기' 강좌에서 다루는 철학자나 평론가에도 관심이 없으며 니체며 괴테도 딱히 애정을 품고 있지 않다.

그러나 비록 내게는 흥미 없는 주제여도 그 강좌의 기획이나 운영에서는 참가하는 학생들의 즐거워할 얼굴을 상상하면서 최선의 준비를 하고 있다. 그렇게 생각하니 지금의 내 일은, 기뻐하는 사람이 있고 누군가의 재능이 빛나는 '자리'를 만들어가는 일일지도 모르겠다.

여기까지 여러 이야기를 이 책에 담았는데, 회사 직원들에게 '나는 이런 식으로 생각하며 일을 해오고 있습니다'라고 이야기한 적은 아직 한 번도 없었다. 내 중요한 역할은 무엇을 말할까가 아닌, '일하기 편한 자리를 만들고 있는가'라고 생각하기 때문이다.

자리가 좋으면 사람은 보람 있게 일을 하는 법. 반대로 자리가 안 좋으면 제대로 힘을 발휘할 수 없다. 우리 회사도 예전에는 그렇게 좋은 자리는 아니었고 다른 회사도 보면서 든 생각은 어쩐지 흐리멍덩하고 의욕 없는 직장이나 인간관계가 껄끄러운 직장인 곳이 뜻밖에 많다는 것이었다.

모두 굉장히 지쳐 있고 불만스럽고 불건전해 보이며 종종 상사가 큰소리를 내며 화를 내는 등…. 그런 자리에서 일을 열심히 하라고 말해봤자 꽤 힘들 거로 생각한다.

새롭게 사람이 들어와도 자리가 나쁘면 우선은 인간관계 걱정이나 직장의 암묵적인 규칙 등 '그 자리에 익숙해지는 일'부터 시작해야만 한다.

본래의 일보다도 그런 것들에 에너지를 뺏기는 것은 업무상, 나아가서는 경영상의 큰 낭비다. 나로서는 한정된 시간 속에서 쓸데없는 에너지나 시간을 허비하고 싶지 않으며 직원에게도 그런 거로 중요한 능력을 소모시키고 싶지 않다. 특히 사장이 되고부터는 어떻게든 좋은 자리를 만들어야겠다고 생각해왔다.

이미지로 치자면 농업이려나. 토양 개량으로 땅을 질 좋게 하면 맛있는 채소를 수확할 수 있다. 그런 마음으로 '자리'에 시선을 두고 일구어나가면 다소 시간은 걸리더라도 큰 변화는 반드시 일어날 것으로 생각한다.

경영이라 하면 끊임없이 여러 판단에 직면하게 되고 심판해나가는 일이라 생각하기 쉽다. 하지만 나에게 있어서는 오히려 '바로 흑백을 판별하지 않는 것', '물음 속에 계속 있을 힘'이 일하는 데 있어 특히 경영자에게는 중요하다고 느끼고 있다. 그리고 그것은 판단하는 것보다도 몇 배나 부담이 크다.

생각해보면 인생도 '삶과 죽음' 중 어느 한쪽을 선택하는 것이 아니라 '살아가는 것이란 어떤 것인가'를 계속 생각하며 살아나가는 것, 계속해서 질문하는 것에 큰 의미가 있는 것과 마찬가지라 생각한다.

아들이 초등학생이던 시절 등교를 거부했던 적이 있다. 담임 선생님과 잘 안 맞았는지 본인 관점에서 굉장히 불합리하다고 생각한 일을 겪고 집에 돌아와서는 "더는 학교 가고 싶지 않아!"라며 울부짖었다.

부모로서는 굉장히 충격인 일이라 꽤 마음이 동요되었다. 너무 유난을 부린다고 생각할지도 모르지만 그대로 계속해서 학교에 가지 않는 일 또한 있을 수 있어, 아들의 장래는 어떻게 될까 하고 암울한 기분이 들었다.

그렇게 여름방학에 들어갔기에 나는 담임 선생님에게 편지를 써야겠다고 마음먹었다. '아들은 이러한 이유로 학교에 가지 못하게 되었습니다. 선생님은 어떻게 생각합니까? 아들의 마음을 헤아려주면 안 될까요?'라고. 하지만 다 쓰고 나니 '역시 이 편지는 보내지 않는 게 좋으려나. 선생님도 상처받을 수 있을 텐데. 아이에게도 좋지 않은 영향이 있을지도 모르고'라며 마음을 고쳐먹었다. 쓰고 지우고, 쓰고 지우기를 여름방학 내내, 한 달 이상 했었다.

그렇게 고민하는 사이에 '이 편지는 안 보내는 게 좋다. 하지만 고민한 것에 의미는 있었을지도 모른다'라고 생각하기 시작한 것이다. 결국, 편지는 보내지 않았다.

그런데 그 이후 아들과 선생님의 관계가 좋은 방향으로 바뀌었다. 어떤 경위로 그렇게 되었는지는 지금까지도 모르지만, 편지를 보냈더라면 그런 일은 일어나지 않았을 것으로 생각한다.

그 시기에 그렇게 고민한 덕분에 나는 인생 최초의 원형

탈모증에 걸렸지만 어쩌면 아들도 내가 그렇게 고민하며 쓰고 지우던 모습을 보고 있었을지도 모른다.

지금 생각하면 내가 했던 행동은 진지하게 '시간을 기다리는 일'이지 않았나 싶다. 이도 저도 아닌 상황 속에서 '기다리는 일'이 때로는 최적의 답을 얻는 방법일지도 모른다. 지금은 결정하지 못하는 일을 계속 기다려 나가는 것, '결정하는 것'이 아닌 '결정되는 것.'

'결정되는' 때라는 것은 주위의 상황이 정리되고 가장 무리 없이 그곳에 초점이 맞춰진다. 역시 이것밖에 없는 건가, 이걸로 나가보자는 마음이 든다. 앞서 와카마쓰 씨의 '읽고 쓰기' 교실이 정말로 그러했다. 계기는 '대실패'에서였지만, 역시나 그 또한 지금 있는 것과 할 수 있는 것에 초점을 맞추고 동시에 '지금이야말로'라는 상황에 등이 떠밀려 왔기에 가능했던 형태다.

속도감 있는 현대 사회에 있어서는 그 '기다리는 일'이라는 게 꽤 어렵고 또 현실적으로 지금 결정하지 않으면 안 되는 문제들도 있다. 하지만 좀 더 오랜 안목으로 생각하면 좋은 일도 많이 있으니 잊고 생각하는 과정을 반복하면서 계속 기다려보는 것도 좋지 않을까 싶다.

우리 회사는 식물성 제품을 취급하는데 식물 성장에는 기온이나 강수량, 햇빛 등 다양한 환경이 갖추어져야 하므로 아무리 '빨리해'라고 말해도 빨리 될 수가 없다. 마찬가지로 일이 해결되거나 무언가를 결정하는 시기라는 것도 시간을 기다리지 않으면 안 되는 일도 많다고 생각한다. 무리하게 움직여 아직 씨앗에 불과한데 수확을 해버리면 못쓰게 된다. 그러니 그때는 믿고 기다리는 수밖에 없다.

지금의 회사, 지금의 비즈니스 본연의 자세에 대해서도 계속해서 생각하고 있다. 어찌어찌 잘 되어서 매상도 그럭저럭 올랐기에 이 정도면 됐다고 이해하는 반면, 이것이 최선의 형태인지, 본연의 상태인지 라는 물음은 반복해서 떠오른다. 더 좋은 방법, 좋은 방법이라는 것은 더욱 많은 행복을 만들어낼 수 있는, 그리고 지속 가능하고 최적의 방식은 혹여 다른 데 있는 건 아닐까 하고 생각한다.

최근 어쩐지 그 힌트를 잡은 것 같은 생각이 드는데 그것이 과연 실현 가능한지, 언제가 될지는 아직 모르겠다. 조금 더 시간을 기다릴 필요가 있을 듯하다.

여자, 오늘도 일하다

여덟

여자,
계속 일하다

여성의 인생은 정말로 변화가 심하다.
결혼, 출산, 육아 등 삶의 무대나
역할의 변화뿐만 아니라 나이를 먹어감에 따라
몸도 마음도 쉼 없이 변해가.
그것에 적응하려 자신을 따라잡기에도
힘이 든다.

불안도
있는 편이 좋다

얼마 전에 한 사진집을 펼치기만 했을 뿐인데 갑자기 눈물이 흘러나와 자신도 놀란 일이 있다. 히로시마에 원폭이 떨어졌을 때 죽은 사람들이 입고 있던 양복을 찍은 작품집 『From 히로시마』였는데, 타버린 여학생 교복이나 꽃무늬 원피스가 마치 그 자체로 살아 있는 것처럼 강렬한 빛을 발하며 눈에 들어왔다.

흐늘거리는 깊은 슬픔이 단숨에 온몸에 흘러들어와 머리로 생각하기보다 먼저 온몸으로 감정이 흘러넘치고 있었다. 원래 그런 감정파가 아니었던 터라 생각지 못한 반응에 당황했지만, 동시에 '이런 내 모습도 있구나'하고 새로운 자신을 만난 느낌이라 신선한 기분이 들었다.

40대 후반이 되고 갱년기라 불리는 시기를 맞이해 몸과 마음 모두가 지금까지와는 다르게 변해가고 있음을 느끼고 있다. 예를 들면 냄새에 민감해져 기분이 나빠지거나 전철 안에서 갑자기 숨쉬기가 힘들게 느껴져 도중에 역에서 내리는 일 등. 사십견에도 걸리고 처음으로 요통도 경험 중이다. 아침부터 기운이 없는 날이나 마음마저 나른해져 버리는 날도 있다. 당연히 불쾌하다면 불쾌하고 불안하기도 하지만, 아직 조금 즐길 여유도 있어서 '그런 것이 있어도 좋지 않을까'하고 생각하기도 한다.

10대, 20대, 30대를 되돌아보면 몇 번인가 몸이 안 좋거나 정신적으로 불안정한 시기가 있었다. 대학에 입학했을 당시 몇 개월 동안이었지만, 먹으면 토하는 섭식장애를 경험했었다. 출산 후에는 산후우울증 때문에 괴로웠다.

그리고 맞이한 40대. 지금까지는 비교적 상태가 좋았다고 생각하지만, 앞으로의 일은 알 수 없다. 지인 중에도 쉰 전후의 갱년기로 우울증에 걸린 사람도 몇 명인가 있어 결코 남의 일이 아니다.

하지만 꼭 나쁘지마는 않다는 생각이 든다. 이 오십견 일보 직전의 나이가 되고 보니 여성으로서나 일하는 사람으로서도 지금껏 성장시켜온 인간관계나 안 좋은 일을 겪으면서 배워온 다양한 경험들을 살려 아주 요령 있게까지는 되지 않더라도 조금은 능숙하게, 말로 전하거나 에너지를 사용할 수 있게 되었다는 느낌이 든다.

정확히 말하자면 강한 사람이라 여겨지는 경우도 많은데 나로서는 숱하게 망설이고 망설이며 살아왔다. 표면상, 다시 말해 수도 없는 망설임 끝의 최후의 부분만을 보면 다른 사람에게는 결단력이 있고 판단력이 좋다는 식으로 보일지도 모르겠다.

걱정병이기도 해서 '좀 더 편하게 살 수 있다면 그러는 편이 좋을 텐데, 깊이 생각하지 않고 무사태평하게 살 수 있다면 얼마나 기분이 좋을까' 하고 생각했던 시기도 있었다.

하지만 지금에서 드는 생각은 안정되지 않으므로 바꾸어나갈 수 있다는 것. 그 불안정함 속에서야말로 보다 더욱 민감하게 느낄 수 있는 것도 있고 새로운 한 걸음을 내

여자, 계속 일하다

디딜 용기를 가질 수 있는 일도 있다. 따라서 이 갱년기의 흔들림 또한 앞으로의 인생에 필요한 것일지도 모른다고 생각한다.

감동했을 때와 같은 긍정적인 경우도 포함해 사소한 것에 바로 눈물을 흘린다든가 생각지 못한 것에 감사의 마음이 솟는 등, 이전보다 감정의 진자의 진동 폭이 큰 만큼 관계되는 부분도 넓어진 것처럼 느끼고 있다.

여성의 인생은 정말로 변화가 심하다. 결혼, 출산, 육아 등 삶의 무대나 역할의 변화뿐만 아니라 나이를 먹어감에 따라 몸도 마음도 쉴 없이 변해가, 그 변화에 적응하는 일에 애를 먹는다.

그러므로 자신이 여성임을 자랑스럽게 여길 수 있는, 그것이 장점이라고 느낄 수 있는 일의 방식과 삶의 방식을 해나가고 싶다. 출산, 집안일, 육아, 병간호, 그리고 갱년기도 포함해 여성만이 겪는 경험이나 느낌과 사고방식을 당당하게 일로 가지고 와서 지금보다 조금만 더 여성적인 사회, 여성뿐만 아니라 모두가 계속해서 일하기 편한 회사가 늘면 좋겠다. 뭐, 나도 아직 경험 부족에 겨우 막 갱년기 초입에 들어섰기에 멋진 말은 할 수 없지만….

　　　　　어느 날 나리타공항 내의 서점에서
한 권의 책을 만났다. 정신과 의사이자 사상가이기도 한
빅터 프랭클이라는 유대인이 쓴 『죽음의 수용소에서』다.
세계에서 베스트셀러가 되었고 일본에서도 매우 많은 사
람에게 읽혀온 책이지만 나는 그저 막연히 제목이 멋있구
나, 하는 정도였을 뿐 내용은 그다지 신경 쓰지 않은 채 기
내에 갖고 들어갔다.

학창시절에는 사랑하거나 벽에 부딪혀 고민할 때면 자주
서점에 갔었다. 그 이후 회사 일이며 집안일과 육아로 정신
없이 바쁘고 또한 인터넷 등을 사용하게 되고 나서부터는
그런 기회도 현저히 줄어 진지한 책을 읽는 건 일 년에 세,
네 권 정도이려나.

부모님 모두 거의 책을 읽지 않는 가정에서 자란 나 역시

전혀 독서가가 아니다. 그래서 이 책을 만났을 때 나는 무방비일 정도로 아무런 준비도 각오도 없이 좋아하는 패션 잡지와 함께 가벼운 마음으로 구매했다.

책 내용은 제2차 세계대전 중 유대인 강제수용소에서의 무시무시한 체험이었다. 그러나 주제는 일어난 일의 비참함을 세상에 호소하는 것이 아니라 내일 자신이 살아 있을지 알 수 없는 가혹한 일상에서도 사람은 스스로 어떻게 살아갈 것인지 선택할 수 있고 그것이 인간에게 주어진 최고의 선물이라는 것이었다.

당시는 회사도 주력 상품이 유명해져 매상도 어느 정도 숫자가 예상되는 상황이었다. 하지만 왠지 내 생각대로 되지 않는 듯한 어딘지 불만스러움이나 건강 면에서도 장래에 대한 불안을 느끼고 있던 시기였다. 조금 무리했던 게 탈이 난 건지, 목 근처에 '낭포'라는 물이 고여 있는 큰 혹이 생기고 말아 정밀 검사를 받은 시기이기도 했다. 다행히도 심각한 상태로 이어지지 않고 물도 빠져 이후에는 딱히 큰 문제는 없었지만.

연령적으로도 마흔 전후는 여성에게 있어서는 한고비

로, 호르몬 상태도 바뀌고 몸 상태도 변화가 시작되었다. 쉽게 피로하고 일에도 무심코 기분이 처지는 상황이 계속되었다. 아이도 중학생이 되어 부모의 손에서 벗어난 시기라 마음에 찬바람이 불고 있었던 것일지도 모른다.

책에 쓰여 있던, 인생에서 무언가를 기대하는 것이 아니라 인생이 우리에게 무엇을 기대하고 있는지를 생각한다는 한 구절이 내 마음에 깊이 파고들었다. 전혀 생각해본 적 없는 것이었고, 동시에 내가 찾고 있던 말이기도 했다.

그렇다고 당장 내 인생이나 일에 어떤 변화가 일어난 것은 아니다. 다만 가끔 일시적으로 신경 쓰인 책을 손에 쥐기만 했을 뿐인 내가 프랭클의 책만은 계속해서 욕심부리듯 쉬지 않고 읽어나갔다. 바삭바삭하게 말라 있던 마음에 은총의 비가 스며들어 번져가는 듯한 느낌이 들었다.

프랭클과의 만남은 내 마음 깊은 곳에 작은 씨앗을 심어준 것 같은 생각이 든다. 실패를 반복하면서도 내 나름대로 열심히 일상을 살아나가자 씨앗은 싹을 틔우고 성장하며 마침내 봄이 되어 작은 꽃을 피웠다. 나에게만 보이는 것이지만, 확실히 내 삶의 방식을 바꾸어놓았다고 생각한다.

3년 전에 사장 자리를 이어받고서 처음에는 '귀찮다'는 생각만 했었는데 어느 날 내 손발이 묶여 있는 것처럼 굉장히 자유롭지 못한 '내'가 되어 있음을 깨달았다.

그 전까지는 일개 직원이자 기획자로서 내 안에서 나오는 아이디어를 실현하거나 새로운 것에 도전하는 등, 훨씬 창의적으로 일하고 있었다고 생각한다. 그런데 사장이 되고서는 회사를 '지키는 것'이 내 역할이며 어떻게든 확실하게, 위험을 줄이고 세상의 변화에 대응해야 한다는 것만 생각하고 있다. 그것은 지금도 계속되고 있어 이따금 멍해지곤 한다. 한마디로 말해 '하나도 즐겁지 않다!'

느긋하게, 가능하면 매우 무책임하게, 제멋대로 살아보고 싶다고 어린 시절부터 동경해왔다. 그것은 내 성격의 이면인지도 모르겠다. 초등학교 시절 신문부 일로 밤까지 혼자 남아서 할 정도로 고지식하고 책임감이 강한 아이였으니까. 다만 현실 생활에서는 제약도 많아서 능숙하게 타협을 지어야 한다는 느낌이 드는 건 어쩔 수 없었다.

그것을 이해하면서도 내가 무엇을 생각하고 행동할지를 굉장히 제한당하고 있는 듯해 나다움마저 잃어버릴 것처럼 답답했었다. 그러나 실제로는 누군가에게 그렇게 강요당한 게 아니라 나 스스로 자신을 얽매여왔다는 것이 사장이 되고 나서의 일상이었다.

직원 수가 적다고는 하나 주택담보 대출을 끼고 있고 생활이 걸려 있는 40대 남성 직원이며 아이를 낳아 키우면서도 자신의 가능성을 꽃피우려 노력하고 있는 여직원도 있다. 저마다가 다양한 사정을 안고 있다.

만약 이 회사가 없어지고 상품을 판매할 수 없게 되면 거래처 사람들에게도 폐를 끼치고 오랫동안 사용해주며 이것 없이는 살 수 없다고 말하는 많은 고객에게도 정말로 면목 없는 일이 돼버린다…. 그런 생각이 들기 시작하자 앞으로 어떻게 해야 지금의 좋은 순환을 무너뜨리지 않고 지속해나갈 수 있을지, 지켜야 할 책임에 마음이 무거워졌다.

지킨다는 것이란 변하지 않는, 아무것도 하지 않는다는 의미가 아니라 세상의 추이나 요구되는 사항에 항상 대응해나간다는 것. 더욱 깊이 생각하고 신중하면서도 박진감 있게, 때로는 대담하게 결단을 실행해나가는 자세가 요구된다. 그 압박감과 스트레스는 상상 이상으로 컸다.

이전에는 훨씬 편한 마음으로 있을 수 있었다. 화끈하게 하고 안 되면 다시 다른 것을 생각하면 된다, 그걸로 회사 사정이 안 좋아지게 되면 내가 그만두면 된다는 정도로만 생각했었다. 그런데 더는 나 혼자만의 문제가 아님을 깨달은 순간, 전신이 경직돼버리는 것 같은 기분이 들며 사고방식도 갑자기 좁혀지고 말았다.

그래서 서툰 내가 매주 교토까지 직물을 배우러 가야겠다는 생각이 든 것은 그동안 느끼고 있던 부자유스러움과 관계가 없지는 않았다고 생각한다.

중·고교를 통틀어 서툰 과목은 가정. 특히 재봉이 서툴러서 지금도 단추 하나 다는 데도 야단법석이다. 그에 더해 그때까지 취미라 할 만한 것을 갖고 있지 않았고, 갖는 것에 흥미도 필요성도 느낀 적이 없었다. '취미는 일!'이라 주위 사람에게 말할 정도였으니. 그런 내가 직물이라니, 가족은 물론이고 자신도 놀랐다.

수강생 모집 안내문을 보자마자 순식간에 결정한 일이었다. 생각보다 앞서 '이곳에 가고 싶다!'며, 바로 첫눈에 반한 것이다. 이런 일도 처음이었다.

그곳에는 형형색색의 명주실이며 넋을 잃을 만큼 아름다운 기모노 사진이 게재되어 있고, 평소에는 정말로 배우기 힘든 인간문화재 시무라 후쿠미 씨의 지도도 받을 수 있다는 내용이 적혀 있었다. 그런 학교는 다른 곳에는 없을뿐더러 여성이라면 많은 사람이 동경하는 세계라고는 생각했다. 다만 그때까지 시무라 선생의 책을 읽은 적도 없었으며 손으로 하는 일 같은 건 조금도 인연이 없었던 인간이 도쿄에서 교토까지 매 주말을 허비하러 가겠다고 생각한 것은 역시 평소답지 않았다고 생각한다.

여러 의미로 사치를 부렸지만, 만약 그 만남이 없었더라면 아마 나는 벌써 회사를 그만두었을 것이다.

물리적인 것뿐만 아니라 정신적인 면에서도 나만의 시간이 분명 필요했었다. 도쿄에서 벗어나 조용한 장소에서 나다움을 되찾고 싶은 마음도 컸다. 추구하고 있던 것이 자신을 자유롭게 표현하는 것이었는지, 자신을 통해 무언가를 표현하는 것이었는지는 모르겠다. 계속해서 오가다 보니 어느새 그곳은 직물 기술을 배운다기보다도 직물로 실을 물 들이거나 실로 비단 헝겊을 짜면서 아름다움에 취하고 진지하게 자신과 마주하는 장소가 되었다.

일주일에 한 번, 4개월에 걸쳐, 볼품없지만 4미터의 비단을 짜내어 주머니 자루나 테이블 매트, 북 커버 등을 바느질했다. 뭔가를 완성하는 기쁨은 물론이거니와 그뿐만이 아니라 일에서 완전히 결핍되어 있다고 느끼고 있었던 '뭔가'가 그곳에 있었다.

그런 것의 영향은 당장에는 알 수 없는 법이다. 하지만 그로부터 2년 가까이 지나자 역시 그때까지와는 뭔가 다른 길이 펼쳐졌다고 생각한다. 이전의 나와는 다른 방식, 다른 시점, 새롭게 보게 된 중요한 것, 거기에 나를 살릴 수 있을까, 하고 말이다. 지금은 아직 어렴풋이 밖에 모르지만 여기서 당분간 살아보자는 생각은 할 수 있게 되었다.

"이 회사는 오타키 씨 그 자체네요." 최근 와카마쓰 씨에게 이 말을 듣고는 '어? 그런가?'하고 조금 기뻤다. 동시에 내가 무엇을 해왔는지도 아주 조금 보게 된 느낌이 들었다.

갱년기의 흔들림 또한 앞으로의

인생에 필요한 것일지도 모른다

진짜와의 만남

얼마 전 그렇게나 만나기를 염원하던 와타나베 가즈코 씨와 이야기를 나눌 기회를 얻었다.

『당신이 선 자리에 꽃을 피우세요』가 150만 부를 족히 넘기는 베스트셀러가 되어 아마도 읽은 사람이 많을 거로 생각한다. 대단히 바쁜 와중에도 처음 만나는 내게 상냥하게 이야기를 걸어주고 진지하게 생각하게 만드는 의미 깊은 이야기부터 젊은 날의 남자친구 이야기까지, 기분 좋고 유머 가득한, 울고 웃으며 잊을 수 없는 특별한 시간이 되었다.

실은 와타나베 씨를 뵙기 전에 한센병 환자 요양소에 사는 한 여성을 찾아갔었다. 미야자키 가즈에 씨. 계기는 요리연구가이자 작가인 다쓰미 요시코 씨를 다룬 다큐멘터리 영화 〈텐 노 시즈쿠(하늘의 물방울)〉에 출연한 모습을 보고 만나 보고 싶다고 생각했다. 이미 여든을 넘긴 나이에도 정정하지만, 손가락이 없고 발도 발목 아래로는 없었으며 눈도 거의 보이지 않고 코도 변형된 듯한 느낌이었다.

모처럼의 기회를 앞에 두고 나는 조금 '두려운' 기분이 들고 말았다. 그런 분을 만났을 때 실례되는 반응을 하면 어쩌나, 똑바로 바라보지 못해 시선을 돌리거나 상대에게 불쾌함을 주는 짓을 하면 어떡하지, 하는 마음이 솟아 나온 것이다.

하지만 실제로 만나니 우려했던 그런 일은 전혀 없었다. 비참함이 아닌 쾌활하고 따뜻하며 유머가 있었다. 열 살이 되기 전에 전염병 환자로 가족에게서 강제로 떨어져 요양소에 들어가게 되었고 인제 와서 보면 비과학적인, 말로 할 수 없는 차별을 받으며 계속 그 시설에서 생활하고 있다. 그런데 미야자키 씨는 그런 자신의 인생이 '정말로 행복하다'고 하였다.

돌아갈 때 손가락이 없는 손으로 악수하며 가만히 내 몸을 안아주었다. 너무 아쉬울 정도로 사이좋은 친절한 남편분과 함께 "또 와요"하고 배웅하면서 다 안을 수 없을 만큼의 포도를 주었던 일이 생각난다.

표면적으로 말하자면 완전히 정반대의 두 사람. 한쪽은 대학 이사장이기도 한 수녀로 베스트셀러 작가에 마더 테레사가 일본에 왔을 때는 통역을 맡는 등 옆에서 보면 눈부시게 활약해온 여성이다. 그리고 또 한 사람은 예전에는 불치병이라고 두려워하던 한센병 환자로 부자유스러운 신체 속에서 편견과 차별을 받으며 요양소에서 일생을 보내는 여성. 그런데도 누 사람은 어딘가 매우 닮았다는 느낌이 들었다.

큰 평온함이라고 할지, 부드러운 빛이라고 할지, 따뜻함을 지닌 왠지 그리움마저 느껴지는 자유로운 영혼을 가지고 있다. 자유로움뿐만 아니라 용기가 있고 왕성한 에너지를 비축하고 있어 두 사람 모두 일반적으로는 있을 수 없을 것 같은 제약 속에서 살아가고 있는데도 자유롭게 보이는 것이다.

상황이나 환경 및 주어진 신체는 사람마다 제각각이지만 그런 것을 모두 받아들이고서 그 인생을 최대한으로 살아가고 있는 사람. 그런 사람과 만난다는 것은 매우 큰 경험이라 생각한다.

비즈니스나 일에서도 느끼는 힘을 갈고 닦는 것이 중요하다는 말을 앞에서도 했지만, 그 도움이 되는 것은 진짜를 보고 진짜를 느끼는 일이다. 아름다운 음악이나 그림, 직물이며 그릇, 말, 시, 혹은 밤하늘에 빛나는 보름달이나 저녁노을, 숲속 깊은 곳에 있는 큰 나무나 길가에 핀 민들레 등의 자연. 그리고 인간 또한 자연 일부로써 '진짜'라는 말이 어울리는 사람이 있다.

생화와 조화처럼 진짜와 가짜가 있는 것은 아니지만, 인간으로서 주어진 그릇, 주어진 생을 다하는 사람. 그 삶의 방식과 사고방식에 감동마저 느끼는 사람은, 유명하건 유명하지 않건 상관없이 아주 많이 이 세상에 존재하고 있다. 우리가 그것을 깨닫고 자신부터 한걸음, 가령 반걸음이라도 내디디면 언젠가는 만날 수 있을 거로 생각한다.

와타나베 가즈코 씨 이야기를 들으며 특히 인상에 남은 것이 "무엇에 가치를 둘지, 가치관의 전환입니다"라는 말이었다.

지금 사장이라는 처지에 놓여 있는 나는 스스로가 무엇에 가치를 느끼고 무엇을 소중히 여기며 무엇을 추구해나갈지, 반대로 무엇을 뒤쫓지 않고 무엇을 버려야 할지에 대한 것을 매일 추궁당하고 있다.

이런 상황 속에서 진짜와의 만남은 비즈니스 본연의 자세나 업무상에서의 판단에까지 큰 영향을 줄 수 있다. 표면적으로는 전혀 관계없는 것처럼 생각되어도 깊은 곳에서는 이어져 있음을 조금씩 보게 되었다.

직장이나 업무 내용 및 대우에 불만을 느껴 지금의 회사를 그만두려고 하는 사람이나 그만두고 싶은데 그만두지 못해 큰 스트레스를 안은 채 계속해서 일하는 사람도 많다고 생각한다.

실은 나도 그런 마음이 들 때가 지금도 있어 가끔 전직 사이트를 들여다보면서, '높은 연봉과 본부장이라. 이거 좋네'하고 생각하기도 한다.

아주 현실적이라고는 말할 수 없지만, 여행을 좋아하는 사람이 실제로는 나가지 못해도 여행 경로를 만들며 즐거워하고 기분을 전환하듯이 나도 전직하는 '기분'만을 맛보고 있다. 일종의 도피 행동일지도 모르겠다.

20대, 30대는 '자아 찾기'에 빠져 있었다. '지금의 나는 진짜 내가 아니다. 더 빛날 수 있다. 분명 더 나다운 삶의 방식이 가능하다'고 생각하고 있었다. 그러자 현재의 생활이 흐릿하게 보여와 하루라도 빨리 다른 세계, 내가 가장 빛날 수 있는 세계로 날아가고 싶다며 안절부절못하게 되었다. 그런데도 무엇을 해야 좋을지 몰라 우울하고 바짝 타 들어갈 것 같은 일상이 있었다.

전직도 했고 '취미는 없다'고 앞에서도 말했지만, 곰곰이 생각해보니 남편의 권유로 소셜댄스(그것도 경기대회에 나 가는 것)를 10년이나 배웠으며, 미국에 살던 시절에는 톨 페인팅(나무, 금속, 도자기, 천 등에 그림을 그리는 기법─ 옮긴이)을 배우고, 이 외에도 고전 읽기, 스피치, 직물 짜 기, 요리, 영어·프랑스어회화, 요가 등 다양한 것을 배워 왔다는 것을 깨달았다.

내게는 '취미'가 아닌 '배움'이라는 느낌이었지만, 남편의 바람으로 마지못해 계속했던 댄스 이외에는 모두 단기간 에 그만두고 말았다.

싫증을 잘 내서 지속하지 못했다는 이유도 있었으나, 가 보니 후련해지는 마음도 있었던 것 같다. 나를 바꾸고 싶 다. 그 실마리가 될 만한 것은 없을까, 하고 생각해 막상 시작해보면 '이것이 아니었어'라는 생각과 '뭐 기분 전환도 됐고 하니 이 정도면 됐어'라는 생각이 반반이었다.

아이가 중학교에 들어가고 나도 자신을 위해 뭔가 시작

해보고 싶다, 그것도 공부하고 싶다, 그래, 심리학 전공을 살려 대학원에 들어가 임상심리사 자격을 따자, 라고 생각한 적이 있었다. '내가 찾고 있던 것은 이거다'라고 확신하며 가족에게 기쁜 마음으로 이야기했지만 바로 반대를 하는 것이었다.

여태껏 내 나름대로 일이며 가정, 더욱이 아이를 학원에 데려다주고 오는 일까지, 내 시간과 에너지의 거의 전부를 바쳐왔기에 '앞으로는 내가 나를 위하는 데만 시간과 돈을 사용하여 더욱 빛나는 삶을 살기를' 원했다. 결국에는 일과 집안일과의 양립도 어려울 거라는 이유로 그만둘 수밖에 없었다. 그때가 30대 끝자락이었다.

여기서 뭔가를 손에 넣지 못하면, 생활을 바꾸어나가지 않으면, 진짜 나를 찾는 일은 불가능해지고 말 거라는 초조함이 있었다.

실제로는 그로부터 5년간, 여름에는 아침 4시 반, 겨울에는 5시에 일어나 아이의 도시락 만들기가 시작되고 다른 것에 쏟을 에너지는 조금도 남지 않았다. 전일제 근무 후에는 서둘러 장을 봐 저녁을 만들어 먹이고 10시를 넘기면 이미 눈을 뜨고 있을 수 없을 정도로 잠이 와 씻지도 않고 쓰러지듯 잠이 드는 생활이 계속되었다. 휴일에는 충분히 자고 피로를 푸는 것이 무엇보다 우선이었다.

그 덕분인지 '진짜 나' 찾기는 완전히 잊고 있었다. 그리고 지금, 그 20여 년의 일하는 인생을 되돌아보니 뜻밖에 나는 충분히 나다웠다는 생각이 든다.

여성이기 때문에 일하기 힘든 어려움이나 회사와 사회의 자세에도 의문을 가졌고 길을 찾았지만, 벽에 부딪혔고 지지자를 얻지 못해 고독했으며 육아로 심각하게 고민하고 망설였다.

사장이 되어서도 하루라도 빨리 그만두고 싶다며 불평하면서도 작은 회사를 이끌어가는 일에 매일 필사적으로 머리를 사용하고 반성하며 후회했다. 그런데도 끝까지 그만두지 않고 일에 매달리며 앞을 향해 살아왔다.

회사에서의 상식이나 제도 등에도 그때마다 '위화감'을 느끼고, 그것을 계속 지니면서도 내 나름대로 생각하고 반응하며 우선의 대답을 찾아내어 나아갈 방향을 결정해왔다고 생각한다.

조금 떨어져서 바라보면 그 위화감이 내가 나답게 부상할 수 있게끔 하여 준 것이 아닌가 싶다.

조각칼로 깎여져 홈으로 둘러싸인 부분이 마지막에 그림으로 나타나는 판화처럼, '주위와 다르다, 나만 이런 생각을 하는 게 이상한가?', '누구도 이해해주는 사람이 없어 힘들다'고 하는 때일수록 나는 애초에 누구와도 닮지 않았다, 거기에 나다운 내가 있다고 생각해왔다.

　예전에 아이를 통해 알게 된 한국인 친구가 몇 명 있었습니다. 모두 30대 후반의 애 엄마들이죠. 당시 저와 동년배에다 아이들도 나이가 비슷한 탓에 함께 모이면 애들을 놀게 하거나 때로는 소풍이라 일컬어 여럿이 놀이공원에 몰려가기도 했습니다.

　그녀들은 대체로 요리를 잘하고 손님 대접도 능숙해서 어느 때고 집에 놀러 가도 손수 만든 김밥이며 부침개와 떡볶이 같은 요리가 준비되어 있었고 집에 돌아갈 때면 김장 김치와 한국 김을 선물로 쥐여 주었습니다. 그리고 아이에 대한 애정이 굉장히 깊어 늘 그들의 장래를 걱정하며 그만큼 교육에 열성적이었던 것을 기억하고 있습니다.

남편도 훌륭히 다루고 있는 듯해, 가장 사이가 좋았던 친구는 "평소에는 별로 불만을 늘어놓지 않지만 3개월에 한 번 정도 일부러 실컷 화를 내. 안 그러면 남자는 기어오르거든!" 이라면서 그녀만의 조종 기술을 엄마들 사이에 공개하기도 했습니다. 매일 자잘한 일로 잔소리를 해대던 저는 그녀의 이야기에 굉장히 감탄했었죠.

또 다른 친구는 중증 당뇨병이 발견되었지만, 병원 가기 싫어하는 남편을 위해 염분이나 칼로리, 비타민 등의 영양 관리를 일일이 공부해 약 없이 오로지 식사만으로 고쳤다고 했습니다. 말이 쉽지 그 일상의 일이 실제로는 굉장히 고됐을 겁니다. 그런데도 그녀는 푸념 한마디 없이 "남편과 같은 것을 먹었더니 덕분에 나도 10킬로 빠졌어"라며 웃더군요.

또한, 그녀들 모두 미용에 관심이 높아 피부 관리에 꼼꼼했으며, 그중에는 "가슴 확대 수술을 할까 고민 중이야." 하고 아무렇지 않게 얘기하는 사람도 있어 성형 등에 관해 보수적인 일본인인 저는 깜짝 놀랐습니다.

몇 년의 교류 후 아이들도 각자 친구를 사귀게 되면서 엄마들의 관계도 서서히 소원해져 갔습니다.

그 후 지금의 일을 시작한 이후로 저는 4번 정도 한국을 방문했습니다. 상담이나 점포 시찰이 주요 목적이었던 탓에 서울 외에는 갈 수 없었지만, 언제 방문해도 왠지 반갑고 따뜻한 팔에 둘러싸인 듯한 안도감을 느끼는 건 그녀들 덕분일지도 모르겠네요.

요 몇 년간 일본에서는 '여성 활약'이 슬로건으로 언급되면서 여성의 생활방식에 주목이 모이고 있습니다. 그러나 한편으로 여성들의 표정은 어딘가 불만스럽습니다.

정부나 매스컴에서 발표하는 메시지에는 '아이를 많이 낳아 기르고 동시에 일도 척척 해나가며 위를 향하자, 경제적으로도 가족과 사회를 지탱하고 사람으로서나 여성으로서도 빛나며…'와 같은 과잉기대가 담겨 있는 것처럼 느껴집니다.

이번 출간을 맞이해 한국 지인에게 이야기를 들으니 일본과 마찬가지로 한국에서도 만혼화, 저출산화, 고령화가 진행되고 있다더군요. 슈퍼우먼이 아닌 일반 여성들에게는 너무 가혹한 짐이 아닐까요, 그런 생활방식을 원하지 않는 사람도 많지 않을까요. 또는 자신의 생활방식을 정부나 세상이 결정하는 듯해 위화감을 느끼는 사람도 있을 거로 생각합니다.

결혼할지 말지, 아이를 낳을지 말지, 일을 계속할지 말지, 계속하더라도 어떤 형태로 얼마만큼의 시간과 에너지를 기울일지, 집안일이나 육아와의 밸런스는? 이처럼 여성들은 쉴 새 없이 밀어닥치는 선택 앞에서 멈춰 서고 맙니다.

그리고 이런 물음이 마음 깊은 곳에서 솟아 나오는 것에 당황하는 사람도 있을 테고요. 나는 어떤 인생을 보내고 싶은가? 나답게 살아가는 것이란 무엇일까? 후회 없는 선택이란? 뭔가를 선택할 때 다른 무언가를 포기하지 않으면 안 되는 걸까? 나에게 진짜로 중요한 것은 뭘까? 이런 물음에 진지하게 마주하면 마주할수록 쉽게 대답을 낼 수 없게 될지도 모릅니다.

이 책은 저답게 일하고자, 여성만의 사고방식이나 육아 경험도 살려서 보람 있게 일을 지속하고자 줄곧 발버둥 쳐

여자, 오늘도 일하다

온 기록이기도 합니다. 볼썽사나운 모습이며 미숙한 부분도 많고, 그야 지금도 계속되고 있지만, 그래도 조금씩 저답게 일하는 방식이 무엇인지가 보이게 된 것 같은 느낌이 듭니다.

되돌아보면 고민하고 망설이면서 살아온 그 모습이야말로 제가 여성으로 있었다는 증거이자 저다웠다고 말할 수 있을 것 같습니다.

제도나 슬로건으로는 실현할 수 없는 것, 여성들 스스로가 바꾸어나가는 것, 나갈 수 있는 것은 무엇일까요. 여성이 일을 계속한다는 건 어떤 것일까요. 망설이고 더듬어가는 삶이 운명 지어진 현대 여성들이 진짜 자신과 만나고 행복한 인생을 보내기 위해 이 책이 작은 도움이 된다면 정말로 행복하겠습니다.

2017년 2월
오타키 슈코

여자, 오늘도 일하다

초판 1쇄 인쇄 2017년 1월 31일
초판 1쇄 발행 2017년 2월 6일

저자 오타키 준코
역자 최윤영

펴낸이 이효원
편집인 유명화
디자인 designbis
펴낸곳 탐나는책
출판등록 2015년 10월 12일 제2015-000025호
주소 인천광역시 연수구 원인제로 180
대표전화 070-8279-7311 **팩스** 032-232-0834
전자우편 tcbook@naver.com

ISBN 979-11-957457-2-2 (03830)

이 도서의 국립중앙도서관 출판사도서목록(CIP)은 서지정보유통지원시스템
홈페이지(http://seoji.go.kr)와 국가자료공동목록시스템(http://www.go.kr/kolisnet)에서
이용하실 수 있습니다.